天山樓

천산루

조도형 新무협 판타지 소설

FANTASTIC ORIENTAL HEROES

천산루 11

조돈형 新무협 판타지 소설

초판 1쇄 찍은 날 § 2015년 12월 23일
초판 1쇄 펴낸 날 § 2015년 12월 30일

지은이 § 조돈형
펴낸이 § 서경석

편집책임 § 이창진

펴낸곳 § 도서출판 청어람
등록번호 § 제387-1999-000006호
등록일자 § 1999. 5. 31
어람번호 § 제2-2626호

주소 § 경기도 부천시 원미구 부일로 483번길 40 서경B/D 3F (우) 14640
전화 § 032-656-4452 팩스 § 032-656-4453
http://www.chungeoram.com
E-mail § chungeorambook@daum.net

ISBN 979-11-04-90574-2 04810
ISBN 979-11-316-9083-3 (세트)

天山樓

천산루

조도형 新무협 판타지 소설

11

FANTASTIC ORIENTAL HEROES

도서출판

청람

천산루

77장

천마신교(天魔神敎)

"꼬라지들을 보니 제대로 당한 모양이구나."

문수사에서 벌어지고 있는 싸움의 결과를 기다리던 대법존은 늦은 밤, 엉망진창이 된 몰골로 잡혀 와 치료를 받고 있는 법왕과 종무외를 보며 코웃음을 흘렸다.

특히 한쪽 팔이 잘린 데다가 온몸이 피에 젖은 붕대로 칭칭 감긴 법왕은 살아 있는 것이 신기할 정도로 부상이 심각해 보였다.

"같은 처지에 웃긴가 봐요, 대법존?"

법왕이 별다른 적의가 느껴지지 않는 표정으로 말했다.

상체를 일으키려 했지만 고통이 심한지 고개만 살짝 치켜들었다

"웃지 않을 수가 없지 않느냐? 아무튼 고약하게 되었다. 네놈들을 이렇게 마주 보게 되었다는 것 자체가 수호령주가 본 존과의 약속을 지킬 생각이 없는 것을 의미하니 말이다."

법왕과 산외산의 고수들을 넘겨주고 사천에서 물러나는 대가로 목숨을 보장받았다고 여기던 대법존은 수호령주와의 약속이 물거품이 되었음을 느끼곤 미간을 찌푸렸다.

"예상은 했지만 역시 대법존이 우리를 판 것이로군요."

법왕이 쓴웃음을 지었다.

"너희가 먼저 본 존을 팔지 않았느냐?"

"닥치시오! 부끄럽지도 않소? 내부의 일에 외부인을 끌어들이다니!"

벼락처럼 호통을 치는 종무외의 눈가에 살기가 일었다.

대법존이 살짝 비웃음을 흘리며 말했다.

"생각하기 나름이지. 네놈들에겐 수호령주가 외부인처럼 느껴지겠지만 본 존에겐 본사 일에 끼어든 네놈들 또한 외부인이긴 마찬가지다."

"닥치시오. 마불사는……."

"산외산의 수족이라고? 뭐, 태생부터 그랬으니 인정은

하마. 하지만 생각해 보거라. 눈앞에서 칼들이 날아다니고 있어. 누구에게 손을 내밀든 일단은 살아야 하지 않겠느냐? 그것이 싫었다면…….”

대법존이 조롱섞인 눈길로 종무외를 쏘아보았다.

“노야를 확실하게 처리했어야지. 그랬다면 네놈들이 어떤 도발을 한다고 해도 납작 숙인 고개를 쳐드는 일 없이 그저 숨을 죽이고 있었을 텐데 말이다.”

“제자들은 물론이고 피붙이까지 도구로 여기는 인물이오. 그런 자를 섬기는 것이 부끄럽지도 않소?”

“그러니 확실하게 제거를 했어야지. 본 존이 고개를 숙이고 있어도 부끄럽지 않도록 말이다. 하지만 노야가 건재한 것을 확인한 이상 본 존이 선택할 수 있는 길은 오직 하나였다.”

“건… 재? 설마 그와 연락을 했다는 말이오?”

종무외가 깜짝 놀란 얼굴로 물었다.

“연락뿐이더냐? 노야께서 명을 내리지 않으셨다면 네놈들이 아무리 꾀어낸다고 해도 본 존이 움직이는 일은 없었다. 아무튼 두고 보면 알 것이다. 노야를 배신한 산주와 사형제들이 어떤 꼴이 되는지.”

“흥! 노야가 아무리 강하다고 해도 대사형 또한 그 못지 않은 강자요. 게다가 아무런 세력도 없는 자를 두려워할 이유가 없소."

"정말 그럴까?"

코웃음을 친 대법존이 말을 이었다.

"너희는 모른다. 대법존이 얼마나 강한지, 무서운 인물인지를. 단언컨대 산외산에서 노야의 말을 거역할 수 있는 사람은 아무도 없을 것이다. 세력이라고 했느냐? 외부에서 보는 산외산의 힘은 천지를 개벽할 수 있을 정도로 대단하겠지. 그만한 힘이 있는 것이 사실이기도 하고. 하나 노야에겐 그저 손짓 하나면 허물 수 있는 모래성에 불과한 것이야."

발끈하려는 종무외의 말을 막으며 대법존이 목청을 높였다.

"의심하지 말거라. 본 존의 말이 무슨 의미인지는 알고 싶지 않아도 곧 알게 될 테니 말이다. 물론 이곳에서 살아 나간다는 전제가 있어야 하겠지만."

대법존이 기분 나쁜 웃음을 지으며 눈을 감았다.

어찌 된 일인지 법왕과 종무외는 아무런 말도 하지 못했다. 한없이 심각한 표정으로 대법존의 말을 곱씹을 뿐이었다.

*   *   *

"어서, 어서 오십시오, 령주님!"

"무림사에 이런 승리는 없을 것입니다."

"마불사의 수뇌들을 모조리 쓸어버렸으니 싸움은 이제 끝난 것이나 다름없습니다."

"모든 것이 수호령주님 덕분입니다."

창백한 얼굴을 한 진유검이 회의실에 들어서자 밤을 지새우며 승리의 기쁨을 나누고 있던 사천무림의 수뇌들이 벌 떼처럼 자리에서 일어나 진유검을 환영했다.

"모두가 여러분이 애쓰고 걱정해 주신 덕분입니다."

진유검이 겸양을 차리자 그에 대한 격한 찬사가 다시금 회의실을 뒤덮었다.

"몸은 좀 괜찮으십니까?"

회의실의 분위기가 조금 가라앉을 즈음 붕대로 어깨를 감고 있던 당암이 진유검의 안색을 살피며 물었다.

"많이 좋아졌습니다. 가주님의 배려에 진심으로 감사드립니다."

진유검은 산외산 고수들의 자폭 공격을 견뎌내고 법왕과 종무외의 합공까지 이겨냈다.

그 과정에서 상당한 부상, 특히 종무외의 암기술에 당하면서 심각하게 중독되었는데 옥수신공으로 호법존자와의 싸움에서 승리를 거둔 당암이 때마침 도착을 했기에 망정이지 하마터면 생사를 걱정해야 할 정도였다.

종무외가 사용한 독은 독으로 대표되는 당가의 가주 당암마저 바로 해독을 하지 못할 정도로 위험한 것이었다.

급한 대로 독이 퍼지는 것을 막은 당암은 진유검을 위해 당가의 모든 역량을 동원한 뒤에야 그의 목숨을 위협했던 독을 해독할 수 있었다.

물론 몸속에 침입한 독기가 완전히 사라지는 데는 다소 시간이 걸리겠지만 진유검의 회복력이라면 큰 문제가 되지 않을 터였다.

"무슨 말씀을요. 당연한 것이지요."

당암은 진유검을 위해 꽤나 많은 것들을 희생했음에도 전혀 개의치 않았다.

당연했다.

진유검의 활약으로 얻어낸 전과는 이전에는 상상도 할 수 없을 만큼 대단한 것이다.

방금 전, 싸움이 끝난 것이나 다름없다고 소리치던 자의 말이 과언이 아닐 정도로 엄청난 승리였다.

"사공세가의 도움 또한 잊지 못할 것입니다."

당암이 묵묵히 술잔을 들고 있는 사공위를 향해 정중히 예를 차렸다.

벌써 몇 번이고 감사의 인사를 전했지만 그마저도 부족하다 여길 정도로 사공세가의 공 또한 대단했다.

수호령주의 활약이 아무리 대단했다고 하더라도 사공세가의 지원이 없었다면 지금과 같은 대승을 얻기란 애당초 불가능했다는 것은 모두가 알고 있었다.

"허허! 과례는 비례라 했으니 이제 그만하시구려. 게다가 령주의 말대로 이번 승리는 누구 한두 사람의 공이 아니라 여기 있는 모두의 희생을 바탕으로 한 것. 다 함께 축배를 드는 것이 옳을 것이오."

사공위가 겸양 섞인 말과 함께 술잔을 들자 회의실에 모인 사천무림의 수뇌들이 일제히 술잔을 들었다.

그사이 술잔을 채운 진유검 또한 기분 좋게 술잔을 들었다.

"한데 궁금한 것이 있소이다, 령주."

진유검을 치료하는 데 결정적인 역할을 한 독왕전주 당후인이 단숨에 술잔을 비우며 말했다.

"말씀하시지요."

"법왕과 종 뭐라는 놈은 무슨 이유로 살려둔 것이오? 다 죽어가는 법왕을 살리느라 꽤나 고생했소이다."

"하하! 귀한 약재가 많이 들어갔다는 얘기는 들었습니다."

진유검이 너털웃음을 터뜨리자 당후인이 손사래를 쳤다.

"약재야 법왕 놈의 몸값만 받아도 퉁칠 수 있을 것 같은데 어째서 살려준 것인지가 몹시 궁금하더이다. 당시 상황이 워낙 급박한 터라 묻기도 애매했고. 대법존과의 약속을 생각하면……."

"굳이 힘들게 살릴 필요는 없었단 말씀이지요?"

"그렇소이다."

"간단합니다. 물건은 하나인데 물건을 원하는 사람이 많을수록 그 물건의 값어치가 뛰기 때문입니다."

당후인의 눈이 반짝거렸다.

"그렇다면……."

"예, 자신들의 목숨을 살리기 위해, 마불사를 차지하기 위해 대법존과 법왕은 발버둥을 칠 것입니다. 우리는 그저 기다렸다가 그들이 내건 조건 중 유리한 것을 취하면 되는 것입니다. 두 사람을 모두 풀어줘서 자중지란을 일으키게 하는 것 또한 하나의 방법이 될 수도 있고요."

"그렇긴 하지만 명문 정파로서 명예로운 행동은 아니라고 봅니다만."

누군가가 약간은 불만 섞인 음성으로 말했다.

진유검의 얼굴에서 웃음이 사라지는 것과 동시에 회의

실의 분위기가 싸늘하게 식었다.

"명예를 따지기보다는 어떻게 하면 적에게 최대한의 타격을 입히고 승리를 거둘지 생각하는 것이 좋다고 봅니다만."

진유검이 특별히 화를 낸 것은 아니지만 명예 운운했던 자는 다른 이들의 싸늘한 눈빛을 감당하지 못하고 고개를 들지 못했다.

"아, 그런데 령주에게 소식은 전했소?"

사공위가 당암에게 고개를 돌리며 물었다.

"령주님의 상처가 워낙 깊어 치료가 급했던 터라 아직 전하지 못했습니다."

진유검이 의문 섞인 얼굴로 당암을 바라보았다.

의문은 당암이 아니라 사공위가 해결해 줬다.

"무황성이 위험하다고 하네. 강남무림 연합군과 남궁세가를 초토화시킨 루외루의 정예가 무황성을 향하고 있다고 하는군."

자신도 모르게 벌떡 일어난 진유검.

사공위와 당암을 번갈아 바라보는 그의 눈빛은 당혹감과 경악, 불신으로 가득 차 있었다.

*　　　　*　　　　*

"오! 세상에! 그게 사실인가? 노부가 잘못 들은 것은 아니겠지?"

무황성을 향해 접근하고 있는 루외루의 병력들로 인해 하루가 다르게 노쇠하고 있던 희천세가 체면 불고하고 만세를 불렀다.

희천세뿐만 아니라 지존각에 모인 모든 사람의 심정이 그와 다르지 않았으니 그만큼 사천에서 들려온 소식은 그들에게 있어 어둠을 뚫고 내리는 한 줄기 빛과 같았다.

"자세히, 자세히 설명을 해보게."

희천세가 제갈명을 다그쳤다.

"예."

제갈명도 밝은 표정으로 입을 열었다.

지존각에 모인 이들은 제갈명이 천목의 요원들이 보내온 보고서를 토대로 진유검과 사공세가의 고수들이 대법존을 사로잡는 과정이며 문수사에서 벌어진 치열한 싸움을 자세히 설명했다.

귀를 쫑긋 세우며 제갈명의 이야기에 집중하던 이들은 연신 탄성을 내뱉으며 감격에 몸을 떨었다.

"수호령주는, 그는 어찌한다고 하던가? 바로 돌아올 수 있다고 하던가?"

희천세가 밝은 표정을 감추지 못하고 물었다.

"그것이 조금 애매합니다."

제갈명이 미간을 살짝 찌푸렸다.

"애매하다니?"

"사천무림의 위기가 일단락된 상황에서 수호령주가 일단 무황성을 향해 출발한다고 전해는 왔으나 당가의 가주가 함께 보낸 서신에는 그가 상당한 부상을 당했다고 합니다. 내외상은 물론이고 목숨이 위태로웠을 정도로 극독에 중독이 되었었다고 하는군요. 일단 해독은 했지만 몸속에 침범한 독 기운을 완전히 몰아내고 체력을 회복하는 데는 다소 시간이 필요하다는 것이었습니다."

"부상이라. 하긴, 그만한 싸움에 부상이 없다는 것이 이상한 것이겠지."

방금 전, 제갈명의 설명을 통해 문수사에서의 싸움이 얼마나 치열했는지를 전해 들은 희천세는 안타까움을 감추지 못했다.

"하면 제때에 오지 못할 수도 있다는 말이로군."

"지금 당장 서둘러 출발을 한다고 해도 제시간에 도착하기는 거의 불가능합니다. 그런 상황에서 부상까지 당했다면 제시간에 맞추기란 더욱 어렵겠지요."

"흠, 무리해서 부상이 악화라도 된다면 오히려 더 큰 문제겠지. 아쉽군. 수호령주가 와주기만 한다면 그야말로 천 군만마나 다름없었을 텐데."

"그래도 사공세가의 지원군이 돌아올 수 있으니 조금은 걱정을 줄였습니다."

"그렇지, 사공세가! 그들만이라도 돌아온다면 큰 힘이 될 것이야. 아니 그렇습니까?"

희천세가 반색을 하며 사공추를 돌아보았다.

"다행히 사천에서의 일이 잘 풀린 것 같습니다. 이미 당 가를 떠나 회군하고 있다고 따로 전갈을 받았습니다. 서두 른다고 하였으니 크게 늦지는 않을 것입니다."

"참으로 다행스러운 말입니다. 그런데 사공세가의 피해 도 만만치 않은 것 같은데 괜찮겠습니까?"

희천세가 제갈명의 보고를 상기하며 물었다.

대법존과 법왕을 사로잡고 산외산의 고수들까지 격멸한 이번 싸움의 승리의 주역이 수호령주임에는 틀림없었지만 때마침 도착한 사공세가의 지원군 또한 엄청난 역할을 했 다.

그 과정에서 상당한 피해를 입은 것은 어쩌면 당연한 것 이라 할 수 있었다.

"괜찮습니다. 상대가 상대이니만큼 그만한 희생은 각오 를 해야겠지요."

덤덤하기까지 한 사공추의 말에 곳곳에서 칭찬이 쏟아졌다.

"오오! 과연 사공세가!"

"사공세가의 희생은 만대가 기억할 것입니다."

"무림 정의를 위해 분골쇄신하시니 뭐라 감사를 해야 할지 모르겠습니다."

곳곳에서 온갖 칭찬이 쏟아지자 민망함을 피하기 위함인지 사공추가 재빨리 말을 돌렸다.

"한데 각지에 요청한 지원군은 어찌 되는 것입니까?"

희천세의 고개가 제갈명에게 향하자 제갈명이 쓴웃음을 지으며 입을 열었다.

"지원군은 고사하고 백의종군케 한 이들까지 보내주기가 힘들다는 전갈입니다."

"허! 상황이 힘든 것은 알지만 무림맹이 위험하거늘."

사공추가 어이없다는 표정을 지었다.

"제정신인가! 무림맹이 무너지면 지엽적인 승리 따위는 아무런 의미도 없다는 것을 어찌 모른단 말인가!"

"그저 자신들만의 안위가 중요하다 이거지요. 그야말로 이기심이 하늘을 찌릅니다."

"백의종군하고 있는 병력은 무림맹, 아니, 사대가문의 제자들입니다. 바로 철수시켜야 합니다."

무황성 수뇌들의 반응은 거셌다.

지존각에 모인 이들 중 상당수가 이런저런 평계를 대며 지원군을 거부하고 심지어 백의종군하는 병력들까지 보내 주지 않으려는 문파들과 직접적, 혹은 간접적으로 연관되어 있었지만 그들은 입이 열 개라도 할 말이 없었기에 그저 침묵할 뿐이었다.

"그래도 다행인 것은 천무진천 어르신께서 돌아오신다는 것입니다."

"그 친구가? 여유가 있다고 하던가?"

사공추가 놀라 물었다.

"예, 이화검문과 신도세가의 주력이 투입된 덕분에 소림을 무너뜨리고 거침없이 남하하던 빙마곡의 기세가 어느 정도는 꺾인 듯합니다. 황보세가를 비롯하여 비교적 피해가 적었던 산동의 문파들이 지원에 나선 것도 큰 도움이 된 것 같습니다. 하여 천무진천 어르신께서 백룡대를 이끌고 놈들의 뒤를 치신다고 연락을 해오셨습니다."

"그것 참 반가운 소리로군."

사공추는 물론이고 천무진천의 실력을 알고 있던 모두의 얼굴에 안도의 빛이 흘렀다.

"반가운 소식이 한 가지 더 있습니다."

"그게 무엇인가?"

제갈명이 기대에 찬 얼굴로 자신을 바라보는 이들을 응시하며 엷은 미소와 함께 입을 열었다.

"천마신교도 움직였습니다."

＊　　　＊　　　＊

"크헉!"

검은 복장의 사내가 외마디 비명과 함께 쓰러졌다.

엎드린 채 쓰러진 사내의 몸을 발로 툭 건드려 뒤집은 막심초는 그의 손에 들린 죽통을 보고 안도의 숨을 내뱉었다.

"역시 놈들의 척후 같습니다. 조금만 늦었어도 신호탄이 올랐을 겁니다."

"척후라면 가장 늦게 이동하고 있다는 거웅족의?"

독고무가 물었다.

"그렇습니다."

"우리의 존재가 거웅족 따위에게 알려진다고 문제 될 것은 없다. 중요한 것은 빠른 속도로 북상하고 있는 본진이야. 마뇌."

"예, 교주님."

사도은이 앞으로 나서며 고개를 숙였다.

"야수궁 본진과의 거리는 얼마나 되지?"

"지금 속도라면 하루 반나절 정도면 잡을 수 있습니다."

"하루 반나절이라."

"다만 그 정도 시간이면 놈들이 루외루의 병력에 합류할 가능성이 높습니다."

사도은의 말에 독고무의 얼굴이 살짝 굳었다.

"루외루는 곤란한데."

잠시 주위를 둘러보며 생각에 잠겼던 독고무가 뭔가 결심을 했는지 흩어져 있던 천마신교의 수뇌들을 한곳으로 불러 모았다.

'무슨 생각을 하고 계신지 모르겠군.'

사도은이 불안한 눈빛으로 독고무를 바라보았다.

"하루 반나절이면 북상하고 있는 야수궁 본진을 따라잡을 수 있다고 한다. 하지만 그 시간이라면 놈들이 루외루와 합류할 것이라 하는군."

루외루라는 말에 주변에 모인 수뇌들의 표정이 어두워졌다.

솔직히 야수궁과의 싸움도 만만치 않은 상황에서 루외루라면 감당할 자신이 없었기 때문이었다.

"그런 표정 하지 마라. 루외루까지 상대할 수 없다는 것은 나도 알고 있으니까."

천마신교의 수뇌들은 독고무의 핀잔에 저마다 고개를 숙였다.

"다른 계획이라도 있는 것입니까?"

혈륜전마가 물었다.

"하루 반나절을 하루로 줄인다."

"예?"

혈륜전마가 멍한 얼굴로 되물었다.

"불가합니다. 지금도 상당히 무리해서 움직이고 있습니다. 반나절을 더 줄이자면 잠도 자지 않고 밤을 새워 강행군을 해야 하는데 설사 그렇게 해서 놈들을 따라잡는다고 해도 싸움이 되지 않습니다."

사도은이 정색을 하며 반대를 했다.

악휘가 사도은을 지지했다.

"마뇌의 말이 옳다고 봅니다. 놈들이 루외루와 합류하기 전에 치지 못하는 것은 안타까운 일이나 그렇다고 억지로 공격을 할 필요는 없다고 봅니다."

"우리가 배후에서 놈들을 견제해 주는 것만으로도 무황성엔 큰 힘이 될 것입니다. 재고해 주십시오, 교주님."

혈륜전마가 허리를 꺾자 모든 수뇌들이 독고무를 향해 허리를 숙였다.

"모두가 가는 건 아니다. 나와 그대들, 그리고 천마대만 움직인다."

혈륜전마를 비롯한 천마신교의 수뇌들이 아무런 대답도 하지 못할 때 최근에 새롭게 구성된 천마대의 대주 모일호가 무릎을 꿇으며 우렁찬 목소리로 외쳤다.

"교주님의 명을 받듭니다."

그의 외침에 퍼뜩 정신을 차린 혈륜전마 등이 뭐라 반박을 하려는 찰나, 독고무가 재차 명을 내렸다.

"일단 눈앞에 있는 놈들부터 쓸어버리고 이동한다. 천마대는 지금 즉시 우회를 하여 놈들의 퇴로를 차단하라."

"존명!"

모일호가 명을 받고 물러나자 독고무의 시선이 모일호 곁에 있던 혈마대주 천목심에게 향했다.

그는 과거엔 초진악이 휘두르는 칼이었지만 독고무가 천마신교를 되찾은 지금은 그의 충직한 수하였다.

"혈마대가 선봉에 서라. 천마대가 우회에 성공하면 곧바로 공격을 한다. 명심해라. 단 한 놈도 살려 보내선 안 될 것이다."

"명심하겠습니다."

자신감 넘치는 목소리로 대답한 천목심이 깊게 읍을 하고는 물러났다.

천목심의 뒷모습을 보는 수뇌들의 안색이 흐려졌다.

천마대와 혈마대에 명이 떨어진 이상 그것을 다시 번복하게 만든다는 것은 교주의 위신을 깎는 것.

그렇다고 그대로 따르자니 너무도 무리한 명령이기 때문이었다.

"으아아악!"

"저, 적이닷!"

난데없는 비명에 잠시 휴식을 취하고 있던 거웅족장 패망이 육중한 몸을 벌떡 일으켰다.

"무슨 일이냐?"

패망의 질문에 대답을 하는 사람은 없었다. 그들 역시 이유를 알지 못하는 것은 마찬가지였다.

"아무래도 천마신교 놈들 같소이다, 족장."

이제는 몇 남지도 않은 거웅족 장로 파량이 대감도를 움켜쥐며 말했다.

"놈들이 북상을 한다더니 사실인 모양이군. 제길, 후발대도 모두 떠났는데 우리만 너무 늦었어. 아니, 놈들이 빨리 움직인 건가? 한데 놈들이 기습 공격을 할 때까지 척후들은 뭘 했단 말이냐?"

패망의 질책에 한 사내가 붉어진 얼굴로 고개를 숙였다. 패망의 둘째 아들로 척후들을 총괄하는 패양이란 자였다.

"모두 당했을 겁니다. 기습을 하려면 우선적으로 척후들을 제거하는 법이니까요. 그걸 뻔히 알면서 당하는 놈들이 멍청한 것이지요."

큰아들 패광이 비웃음이 섞인 눈길로 동생을 바라보곤 철심이 박힌 몽둥이를 어깨에 턱 걸치며 말했다.

"제가 모조리 쓸어버리고 오겠습니다."

패광을 향해 불벼락이 떨어졌다.

"멍청한! 쓸어버리긴 누구를 쓸어버린단 말이냐? 천마신교는 그렇게 만만한 곳이 아니다. 우리의 힘만으론 어림도 없어."

패망의 말이 끝나기도 전에 낭랑한 웃음소리가 들려왔다.

"하하하! 그래도 제정신이 박힌 위인이 있긴 있었군."

패망을 비롯한 거웅족 수뇌들이 경악한 얼굴로 고개를 돌렸다.

그들과 불과 삼 장여 떨어진 곳, 독고무가 거만한 웃음을 흘리며 그들을 바라보고 있었다.

'대체 언제 나타났단 말이냐?'

독고무의 존재를 전혀 눈치채지 못했던 패망의 등에서 식은땀이 흘러내렸다.

"네놈은 누구냐?"

거침이 없었다.

대답 따위는 필요도 없다는 듯 패광은 질문을 던지는 것과 동시에 쇠몽둥이를 휘두르며 달려갔다.

"안 돼!"

깜짝 놀란 패망이 그를 막으려 했지만 패광이 휘두른 쇠몽둥이는 이미 독고무의 머리를 향하고 있었다.

아무런 반응도 하지 못하는 독고무를 보며 패광의 입가에 잔인한 살소가 지어졌다.

이제 곧 짜릿한 느낌이 손끝을 타고 올라오리라.

'응?'

정작 쇠몽둥이를 통해 전해지는 느낌은 짜릿함이 아니라 마치 맨손으로 철벽을 쳤을 때와 같은 통증이었다.

패광의 얼굴이 확 일그러졌다.

어째서 그런 통증이 밀려드는 것인지 이해하지 못하고 있을 때 패광이 휘두른 쇠몽둥이를 간단히 쳐 낸 독고무의 천마멸강수가 그의 머리를 향해 짓쳐 들었다.

푸르스름한 강기가 밀려오는 것을 확인한 패광의 두 눈에 공포가 어렸다.

막아야 한다는 생각은 했지만 어찌 된 일인지 몸이 움직이질 않았다.

퍽!

둔탁한 소리와 함께 외마디 비명도 지르지 못한 패광의 머리가 그대로 짓뭉개졌다.

쿵!

패광의 커다란 몸이 고꾸라지며 큰 울림을 만들어냈다.

"과, 광아!"

무너진 패광을 향하는 패망의 손끝이 덜덜 떨렸다.

미처 말릴 사이도 없이, 그야말로 눈 깜짝할 사이에 벌어진 일이었다.

파량이 아들의 죽음으로 인해 넋이 나간 패망을 대신해 소리쳤다.

"공격하랏!"

어지간한 성인의 몸뚱이만 한 파량의 대감도가 허공을 가르며 날아가고 세 명의 거웅족 장로들이 전력을 다해 펼친 공격이 그 뒤를 따랐다.

대다수의 장로가 목숨을 잃었을 정도로 치열했던 강남 대회전에서 살아남은 실력자들인지라 그 위력이 실로 대단했다.

하지만 단우 노야와 대적을 펼쳤던 독고무였다.

비록 변변한 반격도 해보지 못하고 형편없이 깨지긴 했어도 어지간한 고수 따위는 손짓 하나로 날려 버리는 단우 노야와 나름 치열하게 싸움을 했다는 것 자체가 대단한 것이었다.

더구나 독고무는 그 싸움에서 천마가 남긴 최후의 비전, 패천무극도의 마지막 삼초식을 얻었다.

눈앞에 아무리 많은 적이 몰려와도 두려움 따위는 존재하지 않았다.

독고무의 입가에 한 줄기 미소가 지어졌다.

비웃음은 아니다.

자신감도 아니었다.

그저 목숨을 걸고 힘겹게 얻어낸 패천무극도의 마지막 삼초식을 실전에서 시험할 수 있다는 것에 대한 순수한 기쁨의 표시였다.

물론 상대의 입장에선 한낱 비웃음에 불과한 것이었지만.

독고무의 웃음에 가장 예민하게 반응한 사람은 패망과 더불어 거웅족에서 가장 뛰어난 고수로 꼽히는 장로 파량이었다.

포위 공격을 당하면서도 여유롭기만 한 독고무의 모습에서 뭔가 위화감을 느끼던 파량은 느릿느릿 움직이는, 단우 노야가 휘두른 나뭇가지에 힘없이 부러지면서 독고무에게 절망을 안겨준, 그리고 동시에 패척무극도의 삼초식을 토해내며 환희를 안겨준 군림도를 보곤 그대로 얼어붙었다.

딱히 어떤 동작이나 공격을 위한 초식에 놀란 것이 아니라 그저 독고무와 군림도에서 뿜어져 나온 기세에 짓눌린 것이었다.

생각할 것도 없었다.

본능적으로 대감도를 거두고 튕겨나듯 물러났다.

그것이 얼마나 올바른 선택이었는지는 그대로 공격에 임했다가 군림도에 의해 갈가리 찢기는 동료들을 보며 절실히 깨달았다.

거친 충돌음도, 비명도 없었다.

독고무는 그저 군림도를 휘둘렀을 뿐이고 그를 공격했던 거웅족의 장로들은 군림도에서 뿜어져 나온 기운을 감당하지 못하고 그대로 압살당했을 뿐이었다.

그 느릿한 움직임 속에서도 몇 가지 변초가 있었다는 것은 눈치를 챘지만 그것이 중요한 것이 아니었다.

'이, 이길 수 없다. 아니, 애당초 상대가 되지 않아.'

파량의 낯빛이 하얗게 질렸다.

입술이 떨리고 세 가닥으로 꼬아 내린 수염이 떨렸고 손에 든 대감도마저 덜덜 떨렸다.

"강… 하군."

파량의 곁으로 다가온 패망이 믿어지지 않는다는 눈길

로 독고무를 바라보았다.

그 짧은 사이 십 년은 더 늙어 보이는 패망의 얼굴엔 자식을 잃은 충격 대신 단 일도로 거웅족 장로 세 명을 도륙한 독고무의 무위에 대한 공포와 경악이 드리워져 있었다.

그것도 잠시, 패망은 적에 대한 공포와 경악을 투지로 바꾸었다.

자식을 잃은 분노에 더해 한 사람의 무인으로서 호승심에 활활 불타오르는 패망을 보며 패천무극도의 위력을 확인해 보고 싶은 욕구가 아직 제대로 충족되지 않았던 독고무는 조금 전보다 더욱 환하게 웃었다.

*   *   *

"전서구?"

갈천상이 미간을 찌푸리며 물었다.

"예, 야수궁주가 보내왔습니다."

공손히 대답을 한 비상 칠조장 한독이 묵첩파가 보낸 서찰을 건넸다.

빠르게 서찰을 읽은 갈천상이 피식 웃음을 터뜨렸다.

"급하긴 급한 모양이구나. 도움을 청하는 서찰을 이렇듯 두서없이 휘갈긴 것을 보면."

"그러게. 구구절절 말이 많네. 천마신교에게 개처럼 쫓기고 있다는 것이 핵심이면서."

어깨너머로 함께 서찰을 읽은 공손민이 한심하다는 얼굴로 고개를 흔들었다.

"강남무림 연합군의 위기 상황에서도 꿈쩍하지 않던 천마신교가 이처럼 적극적으로 움직인 이유가 무엇이라 보느냐?"

갈천상이 군사의 자격으로 따라온 혁리건에게 물었다.

"무황성의 요청이 있었겠지요. 수호령주와의 관계를 생각했을 때 무조건 거부하기란 힘들었을 것이라 봅니다. 더불어 위기감도 느꼈을 테고요. 무황성이 쓰러지면 천마신교가 무너지는 것 또한 시간문제일 테니까요."

혁리건은 깊게 생각할 것도 없다는 듯 대꾸하다 문득 생각났는지 몇 마디 말을 덧붙였다.

"어쩌면 부상으로 잠시 물러나 있던 독고무가 일선으로 복귀한 것일 수도 있습니다."

"독고무?"

공손민이 눈동자를 반짝이며 물었다.

"예, 단우 노야에게 심각한 부상을 당한 독고무는 싸움 이후, 공식적으로 단 한 번도 모습을 보인 적이 없습니다. 천마신교가 강남무림 연합군의 위기를 보고도 미온적으로 움직인 것에는 야수궁의 존재도 있었지만 그의 부재도 큰 이유였다고 판단됩니다."

"그러니까 네 말인즉슨 지금껏 얌전히 처박혀 있던 천마신교가 불붙은 쥐새끼처럼 날뛰는 이유가 부상으로 자리를 비웠던 독고무가 복귀를 했기 때문이다?"

"그럴 가능성도 배제해서는 안된다고 생각합니다."

"흠."

갈천상은 혁리건의 의견에 일리가 있다 여겼는지 고개를 끄덕였다.

"야수궁 본진이 어디까지 온 거야?"

공손민이 약간은 들뜬 목소리로 서찰을 집어 들며 물었다.

"이가현을 지났다고 했으니 지금쯤이면 백운산에 접어들었을 것입니다."

공손민이 고개를 갸웃거리자 혁리건이 설명을 덧붙였다.

"백운산이라면 늦어도 반나절이면 우리와 합류할 수 있습니다."

"반나절? 그렇게 가까이 왔으면서 이 난리인 거야?"

공손민이 어이없다는 듯 되물었다.

"천마신교의 추격이 그만큼 거세다는 것이겠지. 이미 상당한 피해도 당했다고 하지 않더냐."

갈천상의 말에 건성으로 고개를 끄덕이며 입술을 삐쭉 내밀던 공손민이 서찰을 흔들며 물었다.

"어떻게 할 거야, 할아버지? 지원군을 보낼 거야?"

갈천상은 생각할 것도 없다는 듯 단호히 고개를 저었다.

"지원군은 없다. 지금은 함부로 병력을 움직여 우리의 전력을 드러낼 때가 아니다."

자신의 기대와는 다른 대답에 실망한 공손민이 혁리건에게 시선을 돌렸다.

그녀가 어떤 의미로 자신을 바라보고 있는 것인지 눈치 챈 혁리건이 빙그레 웃었다.

"현 상황을 감안했을 때 지원군이라면 원로님께서 직접 나서셔야 할 터. 자칫하면 본 루의 주력이 이곳에 존재하지 않는다는 것을, 허장성세(虛張聲勢)의 계획을 무황성에서 눈치챌 수 있습니다."

"그래? 그럼 내가 가면 되잖아."

공손민이 기다렸다는 듯 말했다.

"안 된다!"

"안 됩니다."

갈천상과 혁리건이 동시에 외쳤다.

그들의 거센 반응에 깜짝 놀란 공손민이 동그랗게 눈을

뜨자 갈천상이 그의 머리를 거칠게 쓰다듬었다.

"노부가 네 생각을 모를 줄 아느냐? 하지만 독고무는 그리 만만한 상대가 아니다. 쓸데없는 생각 하지 말고 얌전히 있거라."

"하지만……."

"어허!"

갈천상이 엄한 눈초리로 바라보자 입술을 꼬옥 깨물며 눈동자를 굴리는 공손민.

어느 순간, 그녀의 입가에 묘한 웃음이 지어졌다.

"그럼 언니는?"

"언… 니?"

"셋째 언니가 지금 야수궁과 움직이고 있잖아. 흑수파파 할멈하고."

갈천상의 표정이 딱딱하게 굳었다.

공손민의 말대로였다.

현재 공손예와 흑수파파는 야수궁이 딴생각을 하지 못하도록 그들을 지켜보는 임무를 수행하고 있었다.

어차피 화살받이로 쓰려 한 야수궁이야 어찌 되든 상관이 없지만 공손예와 흑수파파의 안전만큼은 반드시 지켜야 했다.

공손민이 갈천상의 어깨를 톡톡 치며 웃었다.

"내가 간다니까."

*　　　*　　　*

"피해는?"

독고무가 이마에 흐르는 땀을 닦으며 물었다.

"열둘이 죽었습니다."

모일호의 대답에 독고무의 안색이 살짝 흐려졌다.

"많군."

최대한 빠르게 치고 빠졌음에도 예상보다 많은 인원이 목숨을 잃었다는 것은 적도 그만큼 대비가 되어 있었음을 의미하는 것이었다.

"연이은 격전으로 천마대원 중 절반 이상이 목숨을 잃었습니다. 게다가 너무 지쳤습니다. 더 이상은 무리라고 봅니다."

수라노괴의 말에 모일호가 발끈하며 나섰다.

"천마대는 아직 여력이 남았습니다. 더 싸울 수 있습니다. 명령만 내려주십시오."

"호기는 좋다만 현실을 직시해라. 중심도 아닌 외곽을 치는 데 열 명도 넘는 인원이 목숨을 잃었다. 다음엔 어찌 될 것 같으냐? 모르긴 몰라도 이번보다 더 많은 대원을 잃게 될 것이다."

"기습을……."

"기습? 포기해. 적은 바보가 아니다. 조금 전의 충돌로 이미 증명되지 않았느냐?"

냉정히 말을 자른 수라노괴가 그럼에도 고민 중인 독고무를 향해 말했다.

"의도한 것보다 훨씬 더 효과적으로 야수궁의 발을 묶었습니다. 혈류전마와 마뇌가 이끄는 본진이 이제 곧 도착합니다. 이제는 그들을 기다릴 때입니다, 교주님."

"루외루의 움직임은 어때?"

"확인된 것은 없습니다만 설사 지금에 와서 그들이 움직인다고 해도 우리 본진이 도착할 때까지는 충분한 여유가 있습니다."

"그거야 모르지. 합류 지점까지는 거리가 있다고 해도 지원군이 오고 있을지도 모르잖아. 어쩌면 이미 도착을 했을 수도 있는 것이고."

"……."

"우리 본진이 도착하려면 얼마나 남았지?"

독고무가 공격을 포기했다고 여긴 수라노괴가 반색을 하며 대답했다.

"아침나절에 도착한 연락대로라면 늦어도 한 시진, 아

니, 반 시진이면 합류할 것입니다."

"반 시진이라."

조용히 읊조린 독고무가 백운산 정상에 걸려 있는 구름을 잠시 응시하다가 모일호를 향해 고개를 돌렸다.

"모일호."

"예, 교주님."

모일호가 이글거리는 눈빛으로 독고무를 바라보았다.

"일각이면 충분하겠지?"

"추, 충분합니다."

독고무의 말뜻을 이해한 모일호가 환히 웃으며 대답했다.

"교, 교주님!"

수라노괴가 깜짝 놀라 말리려 했지만 독고무는 그의 말을 무시하고 곧바로 명을 내렸다.

"일각 후, 다시 간다."

"존명!"

우렁찬 목소리로 대답한 모일호가 수하들이 있는 곳으로 물러나자 천마대와 함께 야수궁 본진의 이동을 늦추고 있던 천마신교의 핵심 수뇌들은 누가 먼저라고도 할 것 없이 한숨을 내뱉었다.

하지만 결과적으로 천마대의 단독 공격은 이뤄지지 않

왔다.

천마대가 막 공격을 떠나려는 시점에서 혈륜전마와 마녀가 이끄는 본진이 곧 도착한다는 연락이 왔기 때문이었다.

"분위기는 어때?"

바위에 걸터앉아 휴식을 취하고 있던 공손예가 묵첩파 등을 만나고 빠른 걸음으로 돌아오는 흑수파파에 손짓하며 물었다.

"지원군이 곧 도착한다고 하는군요. 그 바람에 죽을상을 하고 있던 묵가 놈의 표정이 다소 밝아지기는 했습니다. 한심한 비곗덩어리 같으니."

흑수파파의 입에서 욕설이 흘러나왔다.

천마신교의 움직임도 제대로 파악하지 못해 고전하는 야수궁의 꼴이 그렇게 한심할 수가 없었다.

하지만 그건 야수궁의 잘못이라기보다는 자신들의 움직임이 노출되지 않도록 뒤로 처진 적들을 완벽하고 은밀하게 제거하고 따라온 독고무와 천마대의 능력을 높이 사야 하는 일이었다.

"그런데 정말 지원군이 오는 건가요? 묵가 놈이 그렇게 떠들어대서 대충 맞장구는 쳐 주고 왔지만 아무래도……."

"아니, 파파의 느낌이 맞아. 지원군은 오지 않아."

공손예가 슬쩍 주변을 둘러보며 말했다.

"역시 그렇군요."

"올 리가 없잖아. 무황성으로 향하는 병력은 눈가림에 불과한데."

"올 병력도 없지요. 그게 이상하다 생각했습니다."

"그렇다고 아주 없는 것도 아니지만."

"예?"

흑수파파가 이해하지 못하겠다는 표정으로 반문했다.

"막내가 온다고 해."

"막내라면 민 아가씨를 말하는 건가요?"

"그래, 파파도 놀랐지? 우리를 구하기 위해 이미 출발했다나 봐."

"갈 선배가 노망이 났답니까? 어째서 이런 대책 없는 짓을……"

흑수파파는 말을 잇지 못할 정도로 당황하고 있었다.

"파파가 이리 놀랄 줄 알았지. 너무 걱정하지 마. 막내는 파파가 생각하는 것보다 훨씬 강한 아이야. 갈 어르신께서도 그걸 알고 우리를 구하기 위해 보내신 거지."

공손예는 갈천상으로부터 은밀히 전해진 서찰을 흑수파파에게 전했다.

불신 가득한 눈길로 서찰을 읽어가던 흑수파파는 묵첩파에게 곧 지원군이 도착한다는 전갈을 보낸 이유가 야수궁을 버리는 패, 즉, 천마신교와 끝까지 상잔하게 하여 전력을 감소시키는 수단으로 쓰려는 것을 알고는 조금 놀란 표정을 지었다.

　더불어 공손민이 비명에 간 공손유에 비견될 징도의 고수라는 설명에 경악을 금치 못했다.

　공손유에게 비견될 정도라면 루외루에서도 능히 열 손가락 안에 꼽히는 고수라는 말이기 때문이었다.

　"셋째 아가씨는 막내 아가씨의 실력을 알고 계셨습니까?"

　흑수파파가 힘없이 서찰을 내려놓으며 물었다.

　"일전에 무황성을 탈출할 때 그 아이의 도움을 받았잖아. 대단했지. 그래도 설마하니 이 정도로 강할 줄은 몰랐어. 그나저나 정말 못 말리는 아이야. 일전에는 수호령주와 대결을 해보고 싶다고 해서 기겁하게 만들더니만 이번엔 천마신교의 교주라니. 우리가 제대로 관리하지 못하면 큰일 나겠어."

　공손예가 입을 가리며 웃었다.

　서찰 말미, 갈천상이 공손민이 직접 지원군을 이끌고 움직인 것엔 자신을 구하려는 이유보다는 오히려 독고무와 대적하고자 하는 앙큼한 계획 때문이라며 절대로 막아야 한다고 신신당부를 한 것을 떠올린 것이다.

"어쨌든 우리도 준비를 해야겠군요. 천마신교가 공격을 해오면 적당한 시점에서 빠져야 할 테니까요."

공손예의 표정이 살짝 어두워졌다.

"꼭 그렇게까지 해야 할까? 그냥 혼란을 틈타 조용히 빠져나가면 되잖아."

"아니요, 놈들의 의심을 불식시키기 위해서라도 아가씨나 저는 끝까지 이곳에 남아 있어야 합니다. 야수궁에서 우리가 제 놈들을 버린다는 것을 눈치채면 곤란하니까요."

"그래도……."

"이미 끝난 얘깁니다."

냉정히 말을 자른 흑수파파가 조금 떨어진 곳에 호위하듯 서 있는 여인들 중 수장으로 보이는 듯한 이를 불렀다.

"명요야."

"예, 원로님."

"준비하거라."

"알겠습니다."

명요가 공손히 허리를 숙이고 물러났다.

그녀가 물러난 지 정확히 일각 후, 공손예와 흑수파파는 자신과 똑같은 복장, 똑같은 얼굴을 한 이들을 마주하게 되었다.

78장

금선탈각(金蟬脫殼)

"저, 저놈이 저렇게 강했나?"

묵첩파는 선봉에서 천마대를 이끌며 수하들을 도륙하는 독고무의 무위를 보며 입을 쩍 벌렸다.

과거 애송이라며 애써 폄하하던 그때도 나름 뛰어난 실력을 지니기는 했었지만 지금처럼 압도적인 무위는 아니었다.

"아!"

군사 일액의 입에서 안타까운 탄식이 터져 나왔다.

독고무가 휘두른 칼에 납호족장이 죽은 후, 납호족을 이끌던 원로의 목마저 허무하게 날아가는 것을 본 것이다.

"지원군은 아직이냐?"

묵첩파가 충혈된 눈으로 일액을 돌아보았다.

"정확히 언제 도착할지는 모르겠습니다만 곧 도착할 것입니다."

"빌어먹을! 그 곧이 대체 언제냔 말이야!"

묵첩파가 버럭 소리를 지르며 검을 들었다.

"궁주님!"

깜짝 놀란 일액이 그의 팔을 잡았다.

진유검에게 당한 치명적인 부상은 어느 정도 완쾌되었지만 독고무와 같은 고수와 붙어도 무방할 만큼의 상태까지는 아직 이르지 못했기 때문이었다.

"놔라."

"하지만 아직 정상적인 몸이……."

"정상은 지랄! 저놈 막지 못하면 어차피 죽어. 루외루 놈들이 도착하기 전까지 버티지 못해도 죽고. 그나마 가능성이 남았을 때 붙어야지. 저 늙은이들까지 돼지면 정말 감당할 수 없단 말이다."

묵첩파가 독고무를 협공하는 원로들을 가리키며 말했다.

일액이 힘없이 손을 내리자 전장을 차분히 둘러본 묵첩

파가 그의 어깨를 움켜잡았다.

"전력은 아직도 우리가 우세하다. 정신 똑바로 차리고 저 애송이 놈을 제거하거나 루외루의 지원군이 제때에 와주기만 하면 충분히 이길 수 있다. 그러니까 네가……."

말을 하던 묵첩파가 갑자기 불안한 표정을 지으며 물었다.

"그런… 데 루외루가 우리를 버리는 것은 아니겠지?"

"그건 아닐 것입니다."

단호히 고개를 저은 일액이 전장 한쪽을 가리켰다.

"루외루주의 딸과 원로가 이곳에 있습니다. 지원군은 틀림없이 올 것입니다."

"그렇… 겠지?"

묵첩파가 여전히 불안한 얼굴로 물었다.

그 자신이라면 자식 따위는 대업을 위해 능히 희생할 수 있다는 생각을 했기 때문이다.

"물론입니다."

애써 밝은 표정으로 대답을 하긴 했지만 사실 일액의 내심 또한 묵첩파와 다르지 않았다.

'그러지 않기를 바랄 뿐입니다.'

"원로님!"

공손예가 인피면구를 벗어 던지며 반가움을 표시했다.

"고생했다."

공손예가 무사히 빠져나온 것에 안도를 한 것인지 가볍게 한숨을 내쉰 갈천상이 그녀의 머리를 쓰다듬었다.

"자네도 고생했네."

갈천상이 이마에 흐르는 땀을 닦고 있는 흑수파파를 돌아보며 말했다.

"고생이랄 것도 없었지요. 남은 아이들이 걱정이지."

"그러게 어째서 함께 오지 않았나? 묵첩파 때문인가?"

"그렇지요. 우리가 남아야 놈들도 의심을 하지 않을 테니까요. 최악의 상황이 닥치면 곧바로 탈출을 하라고 명은 내렸지만 얼마나 빠져나올 수 있을지는……."

흑수파파의 표정이 어두워졌다.

최대한 야수궁을 이용해야 하는 상황 때문에 어쩔 수 없었다고는 하나 수하들의 희생에 마음이 좋지는 않은 듯했다.

"너무 걱정 말게. 애당초 야수궁 놈들과는 수준이 다르니 다들 무사히 탈출할 수 있을 것이야."

흑수파파를 위로하던 갈천상이 무슨 생각을 했는지 좌측으로 고개를 돌려 전장에서 탈출한 공손예와 흑수파파를 무사히 구해 온 동검단 부단주 섭독에게 명을 내렸다.

"애당초 개입을 하지 않으려 했지만 루를 위해 목숨을 건 아이들을 외면할 순 없구나. 다시 움직여야겠다. 그 아이들을 구할 별동대를 준비해라."

"알겠습니다."

섬독이 물러나려 할 때, 갈천상이 다급히 그를 불렀다.

"잠깐만 멈춰라."

갈천상이 황급히 주변을 둘러보며 물었다.

"그런데 단주는 어디에 있느냐?"

"단주께선 셋째 아가씨를 호위하시면서 먼저 움직이셨습니다. 저는 단주님께서 혹시라도 적의 꼬리가 따라붙을지도 모른다고 후미에서 경계를 하라고……."

섬독의 말이 끝나기도 전에 공손예가 말을 끊었다.

"무슨 말을 하는 거지? 후미가 걱정된다면서 뒤로 처진 것은 막내였는데."

"예? 그럴… 리가 없습니다."

공손민에게 직접 명을 받아 후미로 이동했던 섬독은 영문을 모르겠다는 표정으로 고개를 흔들었다.

"맙소사! 이 녀석이 결국!"

머리카락을 쥐어뜯는 갈천상의 낯빛이 하얗게 변했다.

이쯤 되면 상황이 어찌 된 것인지 뻔했다.

독고무와 대결을 꿈꾸던 공손민, 그녀가 공손예는 물론

이고 직계 수하들까지 따돌리고 전장으로 향한 것이다.

꽝!

둔탁한 충돌음과 함께 묵첩파의 육중한 몸이 힘없이 날아가 처박혔다.

독고무는 서둘지 않고 그를 향해 천천히 걸음을 옮겼다.

피투성이로 변한 묵첩파의 얼굴이 무참히 일그러졌다.

느긋한 걸음이 오히려 극도의 공포로 다가왔다.

절체절명의 위기 상황임에도 그를 돕기 위해 달려오는 사람은 없었다.

이미 도울 만한 사람은 독고무의 군림도에 모조리 쓰러진 상황이었다.

묵첩파는 독고무를 피해 뒤쪽으로 기어가며 혹여 자신을 도와줄 누군가가 없는지 연신 주변을 살폈다.

독고무는 그가 루외루의 지원군을 기다리는 것으로 착각했다.

"아직도 그자들을 기다리나? 아무래도 네놈들을 버린 것 같은데 말이지."

"닥쳐랏!"

묵첩파가 이를 부득 갈며 소리를 질렀다.

독고무의 말이 아니더라도 그 역시 루외루가 자신들을

버렸다는 것을 느끼고 있었다.

"항복해라. 더 이상의 저항은 개죽음에 불과하다."

독고무가 여전히 치열한 싸움이 펼쳐지고 있는 전장을 가리키며 말했다.

아직 승패가 확연히 기운 것은 아니지만 천마신교에 승기가 있다는 것은 누가 봐도 확연했다.

거기에 묵첩파를 비롯해 야수궁을 이끄는 핵심 수뇌들을 모조리 제거한 독고무가 전장에 뛰어드는 순간, 싸움은 일방적인 학살의 양상으로 흐를 것이 뻔했다.

묵첩파가 결정을 내리지 못하자 독고무가 몇 마디를 덧붙였다.

"항복하면 목숨만은 살려준다. 다들 무사히 고향으로 돌아갈 수 있도록 배려하지."

절망으로 가득 차 있던 묵첩파의 얼굴에 희색이 돌았다.

"저, 정말이냐?"

"약속한다. 단, 조건이 있다."

"조건이라면……."

"네놈을 비롯해서 수뇌들은 목을 내놓고 가야한다는 것이다. 어차피 대부분이 뒈진 것 같기는 하지만."

잠시나마 살 수 있다는 희망을 품었던 묵첩파의 얼굴이 썩은 감자처럼 변해 버렸다.

"개 같은 새끼! 어디서 수작질이냐!"

묵첩파는 독고무가 처음부터 자신을 살려줄 생각이 없었다고, 그저 목숨을 가지고 자신을 희롱한 것이라 여기며 극도로 분노했다.

피 칠갑을 한 묵첩파가 온몸으로 살기를 드러내자 그 기세가 사뭇 대단했지만 독고무는 미동도 하지 않았다.

묵첩파의 예상대로 애당초 그는 묵첩파를 비롯한 야수궁의 수뇌들을 살려줄 생각이 없었다.

과거의 악연도 그랬고 그들이 십만대산에서 벌인 악행을 생각하면 수뇌들은 물론이고 그 수하들까지 모조리 도륙해야 직성이 풀릴 정도였다.

다만 수뇌부는 무너졌지만 야수궁의 병력은 아직도 많이 남아 있었고 그들 모두를 전멸시키자면 천마신교의 피해 또한 만만치 않을 것이기에 그 같은 제안을 했을 뿐이었다.

하지만 수하들보다는 자신의 목숨이 백배, 천배 소중했던 묵첩파는 독고무의 제안을 당연히 거절했다.

"거절이로군. 상관없다. 네놈들을 죽이고 항복을 받아내면 그뿐이니까."

독고무는 조금의 미련도 가지질 않았다.

묵첩파의 명으로 항복을 받는 것보다는 피해는 조금 더

커지겠지만 야수궁을 완벽하게 굴복시키는 데 그만한 피해는 어쩔 수 없는 것이라 여기면 그만이었다.

독고무가 군림도를 움직였다.

이미 만신창이가 되어버린 묵첩파가 분노에 몸을 떨며 마지막 남은 한 줌의 힘까지 동원했지만 힘의 차이가 너무나 극명했다.

묵첩파의 손에 든 검이 산산조각이 나며 흩어졌고 또다시 힘없이 날아가 처박힌 묵첩파의 양팔은 어느샌가 사라지고 없었다.

"으아아아악!"

묵첩파의 입에서 인간의 것이라 할 수 없을 정도로 끔찍한 비명이 터져 나왔다.

비명을 따라 피 분수가 사방으로 흩어졌다.

자신이 직접 마지막을 장식하지 않더라도 묵첩파의 죽음은 기정사실이다.

그동안의 악행을 감안했을 때 오히려 숨통을 끊어 편한 죽음을 안겨줄 필요는 없을 터였다.

무심한 눈으로 묵첩파를 지켜보던 독고무가 천천히 몸을 돌렸다.

착 가라앉은 눈빛으로 전장을 살피던 독고무가 잠시 호흡을 가다듬었다.

천마조사가 남긴 최후의 심득을 얻고 과거와 비교할 수 없을 정도의 성취를 이뤘다고는 해도 묵첩파를 비롯한 야수궁 수뇌들과의 연이은 싸움은 그에게도 상당한 부담이었다. 겉으로 크게 드러나지는 않더라도 내외적으로 만만찮은 부상을 당한 상태였다.

그렇다고 해도 한가로이 부상을 치료할 여유는 없었다. 잠시 호흡을 가다듬고 있는 사이에도 천마신교의 제자들은 피를 흘리고 있을 테니까.

잠시 멈췄던 독고무의 걸음이 다시금 전장으로 향했다.

목표는 군사 일액을 중심으로 똘똘 뭉쳐서 천마신교에 막대한 타격을 입히고 있는 흑족이었다.

독고무가 막 걸음을 뗄 때였다.

그때까지 처절한 비명을 지르던 묵첩파가 조금은 이질적인 외마디 비명을 내뱉으며 축 늘어졌다.

무림제패를 노리며 기세 좋게 세상을 질주했던 효웅치고는 너무도 허무한 죽음.

하나 독고무의 시선은 이미 그가 아닌 그에게 죽음을 안긴 누군가를 향했다.

이제 겨우 소녀티를 벗은 여인이 걸어오고 있었다.

봄철 꽃길이라도 걷는 듯 귀밑으로 내려온 머리카락을 살랑살랑 흩날리며 다가온 여인은 모두의 눈을 가볍게 따돌리고 전장에 도착한 공손민이었다.

"누구지, 너는?"

독고무가 살짝 떨리는 음성으로 물었다.

공손민의 외모나 몸매가 좀처럼 찾아보기 힘들 정도로 뛰어나기 때문은 아니었다.

공손민과 독고무 사이의 간격은 고작 십여 장.

멀다고 하면 먼 거리겠지만 독고무 정도의 고수에게 십여 장이라면 단 한 번의 움직임으로 이동할 수 있을 정도로 짧은 거리였다.

한데 그녀가 그 정도의 거리까지 접근하도록 전혀 눈치를 채지 못한 것이다.

'적? 아닌가?'

독고무가 고개를 갸웃거렸다.

적이라고 판단하기도 애매했다.

적이라면 묵첩파의 목숨을 거둘 이유가 없었다.

설사 고통을 덜어주기 위해 그의 목숨을 거둔 것이라 하더라도 적이나 다름없는 자신을 향해 적의는 물론이고 일말의 살기마저 드러내지 않는다는 것은 도저히 이해할 수 없는 일이었다.

묵첩파의 곁을 지나며 잠시 미간을 찌푸렸던 공손민이 환히 웃으며 물었다.

"아저씨가 독고무? 천마신교의 교주 맞지?"

*   *   *

"무슨 일이더냐?"

앞서 이동하던 백룡대주 신도황이 다가오자 천무진천 신도충이 의아한 얼굴로 물었다.

"수하들이 많이 지쳤습니다. 잠시 휴식을 취하는 것이 어떻겠습니까?"

신도황이 공손히 물었다.

"그걸 어째서 내게 묻느냐? 지원군에 대한 모든 권한을 네게 일임하였으니 네가 판단하여 결정하여라. 우리 같은 늙은이들은 신경 쓰지 말고."

신도충의 말에 장로 신도융이 껄껄 웃으며 맞장구를 쳤다.

"형님 말이 맞다. 이번 지원군의 수장은 너다. 우린 그저 네가 시키는 대로 할 뿐이야."

"농이라도 그런 말씀은 하지 마십시오, 당숙. 아무튼 허락하신 것으로 알겠습니다."

멋쩍은 웃음을 흘리며 몸을 돌린 신도황이 수하들을 향해 손짓을 하자 바쁘게 움직이던 병력이 일시에 걸음을 멈추고 휴식에 들어갔다.

신도황이 일사불란하게 수하들을 움직이는 것을 본 신도융이 만족한 웃음을 흘리며 말했다.

"사천으로 떠났던 큰애가 비명에 간 것은 참으로 통탄할 일이지만 어쩌면 전화위복이 될 것도 같소."

"무슨 말인가?"

"솔직히 가주에 어울리는 것은 첫째나 둘째가 아니라 셋째라고 보오. 무공은 물론이거니와 인품도 그렇고."

"쓸데없는 소리."

신도충이 얼굴을 굳혔지만 신도융은 입을 다물지 않았다.

"그걸 아니까 다른 녀석들도 아니고 백룡대를 데리고 회군하는 것 아니오? 공을 세울 기회를 주기 위해서."

신도충이 아무런 대꾸도 하지 않자 신도융 곁에 있던 장로 도헌이 너털웃음을 흘렸다.

"허허허! 뭘 그리 걱정하시는 겝니까? 본가에선 어찌 생각할지 모르겠지만 이곳에 나와 있는 장로와 호법들은 표가 아니라 황을 밀기로 결정했습니다."

도헌의 말에 신도충이 살짝 놀란 얼굴로 주변을 둘러보았다.

다섯 명의 노인이 의미심장한 눈빛을 주고받는 것을 확

인한 신도충이 한숨을 내쉬었다.

"자네들의 생각은 충분히 알았으나 당분간 내색하지는 말게. 무엇보다 형님의 의중이 우선이니."

"큰아이의 상도 제대로 끝나지 않았으니 당연히 그래야겠소만 이번엔 물러나지 않을 생각이오. 과거야 장자승계를 따르기 위해 침묵했다 해도 지금은 아니니까."

"맞습니다. 지금 같은 위기 상황에선 정말 제대로 된 후계자를 세워야 합니다."

"후회는 한 번으로 족하지요."

신도융을 필두로 장로들의 연이은 강경 발언에 신도충은 곤혹스러운 표정을 감추지 못했다.

그들의 마음을 모르는 것은 아니나 신도황이 아니라 둘째 신도표를 지지하는 사람들도 분명히 있을 터.

자칫하면 세가에 큰 분란이 생길지도 모른다는 생각 때문이었다.

하지만 그건 신도충의 착각일 뿐이고 그를 보는 노인들은 신도충이 힘만 실어주면 신도황이 차기 가주가 되는 것은 기정사실이라 여기고 있었다.

신도세가에서 가주를 능가하는 영향력을 지닌 사람이 바로 그였기 때문이었다.

"일단 그 얘기는 접도록 하지."

신도황이 다가오는 것을 본 신도충이 입조심을 시켰다.

"웬 서찰이냐?"

신도웅이 물었다.

"연화단이 곧 합류할 것 같습니다. 막 구룡현을 지났다고 합니다."

"연화단이? 조금 늦을 줄 알았는데 생각보다 빠르구나. 잘됐군. 한데 문건 그 친구도 오는 것이냐?"

"그리 알고 있습니다."

이화검문의 원로 문건과 친분이 깊은 신도웅이 기꺼워하며 고개를 끄덕이자 잠시 뒤를 돌아보던 신도충이 물었다.

"구룡현이 우리가 한 시진쯤 전에 지나온 곳이 맞느냐?"

"맞습니다. 이동 속도를 감안해 보건대 반 시진 이내에 도착할 것입니다."

"반 시진이라면 굳이 이동을 하는 대신 이곳에서 그들과 합류를 하는 것이 낫겠구나."

"노부의 생각도 형님과 같다. 날도 곧 어두워질 것 같으니 아예 이곳에서 야숙을 하는 것이 어떻겠느냐? 아무리 상황이 급박하다고 해도 무작정 서두른다고 좋은 것은 아니다. 적당한 휴식이 있어야지."

신도웅이 신도충의 눈치를 살짝 살피며 말했다.

빙마곡의 노도와 같은 공세 속에서도 틈만 나면 문건과 술잔을 기울였던 신도융이었다.

그가 무슨 의도로 그런 말을 하는지 뻔히 알고 있는 신도충의 입에서 절로 헛웃음이 흘러나왔다.

그래도 딱히 틀린 말도 아니기에 굳이 제동을 걸 생각은 없는 듯 보였다.

*   *   *

쿵. 쿵. 쿵.

뒷걸음질 치는 독고무의 발이 지면을 푹푹 파고들었다.

대여섯 걸음 물러난 독고무가 황당한 눈빛으로 공손민을 응시했다.

좋은 기회임에도 불구하고 공손민은 공격을 잠시 멈추고 실망한 표정으로 독고무를 바라보았다.

"고작 이 정도 실력을 보자고 온 건 아닌데. 설마 이게 다는 아니겠지?"

공손민의 실망 가득한 음성에 독고무의 얼굴이 참담하게 일그러졌다.

왠지 모를 부끄러움에 얼굴마저 붉어졌다.

지금 그는 무척이나 놀라고 있었다.

비록 그녀가 루외루의 사람이라고는 하나 이제 겨우 소녀티를 벗어난 나이였다.

한데 그런 어린 여인이 명색이 천마신교의 교주인 자신에게 거침없이 도전을 했다는 것에 놀랐고 가녀린 외모와는 달리 강맹하면서도 날카롭기 짝이 없는 무공 실력에 놀랐다.

아무리 방심을 했다고는 해도 천마벽을 간단히 무력화시키고 천마수마저 튕겨낸 그녀의 무공은 결코 예사로운 것이 아니었다.

독고무가 땅에 박힌 발을 빼고 허리를 곧게 폈다. 그러곤 군림도를 공손민에게 지그시 겨누며 말했다.

"정식으로 인사하지. 천마신교의 교주 독고무다."

공손민의 얼굴에 그제야 웃음이 지어졌다.

"루외루 동령단주 공손민. 이제 제대로 된 실력을 보여줘."

"원한다면."

가볍게 고개를 끄덕인 독고무가 군림도에 힘을 집중시키자 칼끝에서 강맹한 기운이 흘러나와 주변을 휘감았다.

"이래야지. 이 정도는 되어야 내가 그 고생을 한 값어치가 있지."

환한 얼굴로 소리친 공손민이 검을 들었다.

잠시 동안 서로를 응시하던 두 사람이 어느 순간, 격렬하게 맞부딪치기 시작했다.

공손민의 실력을 똑똑히 확인한 독고무는 처음부터 패천무극도의 절초를 사용하며 그녀를 몰아붙였다.

공손민 역시 부드럽고 현란한 몸놀림으로 독고무의 공격을 피해내며 혈룡진천검의 절초를 이용하여 반격을 꾀했다.

특히 주변 전장을 완전히 붉게 물들인 그녀의 혈룡진천검은 능히 하늘을 무너뜨릴 정도로 강맹하며 동시에 섬전처럼 빠르고 날카롭기까지 했다.

꽈꽈꽈꽝!

엄청난 충돌음이 전장을 뒤흔들었다.

주변에서 나름 치열하게 펼쳐지던 싸움을 일시에 멈추게 만들 정도로 대단한 충돌이었다.

그런 충돌이 반각이 넘게 이어졌다.

'뭐가 이렇게 강해?'

독고무는 군림도를 타고 전해지는 공손민의 막강한 힘에 어이가 없었다.

패천무극도의 절초에도 아랑곳없이 오히려 시간이 지날수록 더욱 기세를 올리며 날카로운 공격을 뿜어대는 그녀에게선 앳된 여인의 모습은 찾아볼 수가 없었다.

그야말로 일대종사의 기운.

첫 번째 공방으로 그녀의 실력을 확실히 확인했음에도 내심으론 어느 정도 자만을 하고 있던 독고무의 얼굴에 처음으로 살기라는 것이 일었다.

그 살기가 온몸으로 퍼지며 표출되자 흠칫 놀란 공손민이 자신도 모르게 검을 멈추고 물러났다.

"사과하지. 아무래도 내가 잘못 생각한 것 같다."

독고무의 비틀린 입가에 가벼운 웃음이 깃들었다.

공손민이 그 웃음의 의미를 깨닫는 데에는 오랜 시간이 걸리지 않았다.

독고무가 무극혼류공을 극성으로 운용하자 지금까지와는 비교도 되지 않을 정도의 거대한 힘이 전신으로 퍼져 나갔다.

그 힘이 패천무극도의 기수식에 따라 군림도에 집중되었다.

독고무의 심상치 않은 변화에 잔뜩 긴장한 공손민 역시 역천혈사공을 극성으로 끌어 올렸다.

그러자 그녀의 검 끝에서 심상치 않은 혈기가 솟구치더니 이내 거대한 혈룡으로 변하기 시작했다.

한 마리, 두 마리, 세 마리, 네 마리…….

과거 천강십이좌 중 최강자라 일컬어지는 항정과의 대

결에서 승리할 때 형상화시켰던 혈룡이 열다섯 마리였지만 지금은 그보다 더 많은 숫자의 혈룡이 허공에서 웅장한 자태를 드러냈다.

그것도 잠시였다.

붉은 화염을 뿜어대던 혈룡들이 공손민과 하나가 되어 마침내 완성체를 이루었다.

"유검이 말하던 그 무공인가? 확실히 강하군."

독고무가 기대감에 찬 얼굴로 중얼거렸다.

혈룡과 완벽하게 하나가 된, 손에 든 검에 자신의 모든 것을 쏟아부어 검신합일을 이뤄낸 공손민의 기세는 단순히 강하다는 것만으론 표현하기 힘들 정도로 대단했다.

"좋아, 아주 좋아! 이제야 비로소 제대로 된 상대를 만났어."

환한 얼굴을 한 독고무가 공손민을 향해 움직였다.

순간, 혈룡이 내뿜은 화염이 독고무를 덮쳐 갔다.

용암보다 뜨거운 열기가 전신을 강타했지만 군림도를 앞세운 독고무는 아랑곳하지 않았다. 오히려 더욱 환한 얼굴로 소리쳤다.

"그래, 이 정도는 되어야지!"

환희에 찬 외침과 함께 군림도 주변에서 웅장한 떨림이 일었다.

우우우우웅웅!

주변의 공기가 요동치고 전장에 거대한 폭풍이 휘몰아칠 때 독고무의 낭랑한 외침이 터져 나왔다.

"무극쇄(無極碎)!"

한 줄기 기운이 혈룡을 향해 뻗어나갔다.

혈룡의 주변에서 넘실대는 화염에 비하면 참으로 보잘것없어 보였지만 그 기운과 부딪친 화염을 순식간에 무력화시킬 정도로 담겨 있는 힘은 무지막지했다.

공손민이 짧은 신음을 흘리고 혈룡이 크게 흔들렸지만 이내 흩어진 기운이 다시 모이며 혈룡이 위세를 되찾았다.

기다렸다는 듯 허공에서 다시 터져 나오는 음성.

"무극화(無極火)!"

어느새 하늘로 치솟은 독고무가 군림도를 힘차게 내리그었다.

그러자 마치 폭죽이 터지듯 수백, 수천 가닥의 화염이 온 세상을 뒤덮었다.

혈룡이 뿜어내는 붉은 화염과는 전혀 다른 묵빛 화염.

묵빛 화염이 내려앉는 모든 곳이 초토화되기 시작했다.

꽈꽈꽈꽝!

수백 발의 포탄이라도 터진 듯한 굉음이 이어지고 사방 십여 장이 화염과 화염이 작렬하면서 일으킨 충격파, 뿌연

먼지로 뒤덮였다.

혈룡이라고 예외는 아니었다.

묵염과 정면으로 부딪친 혈룡이 괴로움에 몸부림쳤다. 몇 번의 공격은 감당하는 듯 보였으나 노도처럼 밀려드는 묵염 앞에 혈룡이 내뿜는 붉은 화염은 점점 사그라들고 말았다.

누가 보더라도 승부는 이미 갈린 상황이다.

한데 바로 그때, 화염을 뚫고 한 줄기 혈광이 독고무를 향해 날아들었다.

아직까지 그런 반격을 할 여력이 있다는 것에 깜짝 놀란 독고무가 황급히 군림도를 틀어쥐며 혈광을 막았다.

군림도를 비스듬히 세워 혈광을 막아낸 독고무의 몸이 휘청거렸다.

군림도에 막힌 혈광이 힘없이 땅에 떨어졌다.

혈광은 이미 사라지고 땅에 떨어져 온전히 정체를 드러낸 것은 공손민이 들고 있던 검이었다.

절체절명의 순간, 공손민이 마지막 남은 기운을 짜낸 펼친 최후의 일격마저 독고무의 기민한 대처에 막히고 만 것이다.

독고무가 놀란 가슴을 쓸어내리며 시선을 돌렸다.

전장을 휘감았던 붉은 기운과 공손민을 감쌌던 거대한

혈룡은 이미 사라지고 없었다.

남은 것은 백짓장처럼 하얀 얼굴로 털썩 주저앉은 공손 민뿐.

독고무가 그녀를 향해 걸음을 옮겼다.

한 줌의 힘도 남겨져 있지 않을 만큼 전력을 다한 공손 민은 독고무가 다가오고 있어도 아무런 행동도 하지 못했다.

"졌네."

공손민이 쓸쓸한 웃음을 흘렸다.

독고무가 무심한 눈빛으로 그녀를 바라보았다.

입고 있던 옷은 갈가리 찢겨 나가 뽀얀 살결이 내비쳤다.

그 뽀얀 살결 위로 붉은 피가 잠식하기 시작했다.

입에서 흘러내리는 검붉은 피가 그녀의 턱과 목선을 타고 흘러내릴 때 독고무의 눈동자가 자신도 모르게 살짝 떨렸다.

"뭐 해? 이제 끝내."

"죽음이 두렵지 않나?"

"어차피 한 번은 죽는 건데 뭐. 그래도 아쉽기는 하네. 내가 죽는다면 그 상대는 수호령주가 될 줄 알았는데."

수호령주라는 말에 독고무의 눈썹이 꿈틀댔다.

"수호령주와도 붙을 생각이었나?"

공손민이 고개를 끄덕이자 독고무가 기가 막힌다는 듯 물었다.

"나도 상대하지 못하면서 그 괴물을 상대하겠다고?"

"수호령주가 당신보다 강해?"

공손민이 눈을 반짝거리며 물었다.

"아마도."

"얼마나 강한데?"

"글쎄. 쉽게는 지지 않겠지만……."

독고무는 말끝을 흐리다가 이내 고개를 젓고 말았다.

천마조사의 마지막 심득을 얻었고 그 위력을 제대로 확인했지만 아닌 건 분명 아닌 것이다.

"못 이겨."

"정말?"

공손민이 두 눈을 크게 뜨며 되물었다.

"못 이겨, 절대로. 나뿐만 아니라 천하의 그 누구도."

독고무가 약간은 쓸쓸한 음성으로 고개를 저었다.

"아쉽네. 그런 실력자와 상대를 해봐야 하는데."

공손민이 땅이 꺼져라 한숨을 내쉬었다.

그가 아는 한 독고무의 실력은 최소한 부친과 버금갔다. 그런 독고무가 그토록 힘없이 패배를 인정하게 만드는 수호령주의 실력은 대체 얼마나 뛰어날지 상상조차 가지 않았다.

더불어 그처럼 뛰어난 실력자와 상대를 해보지 못한 것이 얼마나 아쉬운지 몰랐다.

공손민의 반응에 독고무는 어이가 없다는 표정을 지었다.

그가 보기에 공손민은 제정신이 아니었다.

자신을 상대하겠다고 애당초 혼자 전장에 뛰어든 것도 그렇고 자신도 꺾지 못한 주제에 더 강한 상대와 싸워보지 못해서 아쉽다며 한숨을 내쉬는 모양새는 당장 죽음을 눈앞에 둔 사람의 행동이 아니었다.

그때, 고개를 살짝 쳐든 공손민이 말했다.

"뭐 해? 안 죽여?"

대들듯 물은 공손민이 천천히 눈을 감았다.

"고통 없이 끝내줘."

애써 담담히 말은 해도 죽음에 대한 두려움을 완전히 떨쳐 낼 수는 없었는지 눈꺼풀이 살짝 떨렸다.

그런 공손민을 물끄러미 바라보던 독고무가 피식 웃더니 천천히 전포를 벗어 그녀의 머리에 던졌다.

"놈에게 덤비고 싶으면 그 정도 실력으론 어림도 없다. 지금보다 최소한 열 배는 강해져서 와라."

"지금 무슨……."

공손민이 전포를 벗겨내려 하자 독고무가 전포 위로 그녀의 머리를 누르며 말했다.

"그대로 있어. 아니면 정말 죽는다."

"……."

잠깐의 대치가 있었지만 전포를 벗으려던 공손민의 손 끝에서 힘이 빠졌다.

"놈에게 덤비기 전에 나부터 뛰어넘고."

말을 마친 독고무가 흠칫 놀랐다.

어째서 그런 쓸데없는 말을 했는지 이해가 가지 않았다.

생각해 보면 그녀와 주저리주저리 떠든 것 자체도 이해할 수 없었다.

오만상을 찌푸리며 고개를 두어 번 저은 독고무가 서둘러 그녀에게서 벗어났다.

그의 발소리가 들리지 않을 즈음 공손민의 머리를 덮었던 전포가 벗겨졌다.

그녀가 멀리 사라지는 독고무의 뒷모습을 보며 입술을 앙다물었다.

"두고 봐. 반드시 뛰어넘어 줄 테니까."

*　　　*　　　*

"얼마나 남았느냐?"

문건이 붉게 변한 서쪽 하늘을 보며 물었다.

"지척입니다."

연화단주 문요의 말에 이어 부단주 궁포가 손가락을 들어 전방을 가리켰다.

"전령이 오는 것 같습니다."

궁포의 말대로 허겁지겁 달려온 사내는 신도세가에서 보낸 전령이었다.

예를 차리는 전령에게 고개를 끄덕이며 미소를 보인 문건이 물었다.

"천무진천 선배는 어디에 계시는가?"

"저 언덕 너머에서 기다리고 계십니다."

"우리를 기다리고 계시는가?"

"그렇습니다."

"흠, 우리 때문에 시간이 많이 지체된 것 같군."

문건 곁에 있던 원로 한규가 다소 겸연쩍은 얼굴로 말하자 전령이 기다렸다는 듯 설명을 덧붙였다.

"휴식을 취한 지 얼마 되지 않고 어차피 노숙할 자리도 찾아야 했다는 말씀을 전하라 하셨습니다."

"허허허! 그렇다면 다행이고. 자, 기왕 서두른 길이니 조금만 더 힘을 내거라. 휴식은 신도세가와 합류 후 하도록 하자꾸나."

문건이 반색을 하며 말했다.

신도세가와 합류하기 위해 꽤나 강행군을 해왔던 터라 다들 지친 기색이 역력했던 연화단원들은 휴식이란 말에 눈동자를 반짝거렸다.

그때였다.

피이이잉!

날카로운, 그러나 문건을 비롯하여 극히 일부의 사람들만이 눈치챈 파공성과 함께 난데없이 비명이 터져 나왔다.

모두의 시선이 비명을 내뱉은 연화단원에게 향했다.

가슴을, 목을 부여잡고 쓰러진 인원은 도합 네 명.

가장 마지막에 쓰러진 제자의 가슴엔 녹슨 철검이 깊게 박혀 있었다.

"적이다!"

경고가 끝나기도 전, 목소리를 높인 사내의 미간에 톱니바퀴처럼 생긴 암기가 박혔다.

"암습이다. 경거망동하지 말고 적의 공격에 대비하랏!"

좌우로 흩어진 문요와 궁포가 크게 동요하는 연화단원들을 독려하며 전열을 수습했다.

연화단의 제자들이 삼삼오오 짝을 지으며 적의 공격에 대비할 때 그들과 십여 장 떨어진 좌측 숲이 흔들리며 일단의 무리가 모습을 보였다.

'음.'

암습이 시작되었을 때부터 적들의 위치를 눈치채고 있던 한규가 모습을 드러낸 자들을 보며 자신도 모르게 침음을 삼켰다.

숲에서 걸어 나온 적의 숫자는 고작 열 명 남짓에 불과했지만 그들이 풍기는 기세는 보통이 아니었다. 누구 하나 자신보다 약한 사람은 없는 것 같았다.

'빙마… 곡? 아니, 놈들은 아니다. 하면 대체 어디서 이런 고수들이 나왔단 말이냐?'

연화단과 함께 백의종군을 하며 지금껏 빙마곡과 치열한 싸움을 펼쳐 왔던 한규는 그들이 빙마곡의 고수들이 아님을 확신했다.

빙공을 기본으로 하는 빙마곡의 제자들에겐 그들만의 특유한 분위기가 있었는데 눈앞의 적들에게선 그런 느낌이 전혀 없었기 때문이었다.

"네놈들은 누구냐?"

한규가 잔뜩 긴장된 음성으로 물었다.

대답 대신 단구의 노인이 무리를 가르며 걸어왔다.

그저 모습을 보인 것에 불과하지만 한규와 문건을 비롯한 이화검문의 고수들은 약속이라도 한 듯 뒷걸음질 쳤다.

'대, 대체 이자는……'

겨우 정신을 수습한 한규의 눈동자가 크게 흔들렸다.

노인은 산이었다.

단 한 번도 경험해 보지 못한 거대한 산.

겉으론 평온해 보였지만 그 위압감은 천하를 뒤덮고도 남음이 있었다.

기억해 보건대 단연코 만난 적이 없는… 아니, 생각해 보니 비슷한 느낌을 주는 인물을 만난 적이 있었다.

'수호령주.'

한규의 얼굴이 일그러졌다.

기억하기 싫은 인물의 얼굴이 저절로 떠오른 이유도 있었지만 그런 수호령주를 능가할 정도로 노인의 기세가 무서웠기 때문이었다.

"당신이로군."

노인이 나타날 때부터 그의 팔을 유심히 바라보던 문건이 확신에 찬 얼굴로 말했다.

노인의 시선이 문건에게 향했다.

"노부의 눈이 틀리지 않다면 팔에 착용하고 있는 것은 취혼마수, 아니, 천마수라고 해야 하나? 노부의 말이 틀리오, 단우 노야?"

　문건이 한눈에 자신의 정체를 알아보자 단우 노야의 눈동자에 붉은 기운이 살짝 나타났다가 사라졌다.

　침묵은 곧 긍정이나 다름없는 것.

　혹시나 했던 문건은 물론이고 이화검문 모두가 크게 동요했다.

　그도 그럴 것이 수호령주에게 패퇴했다고는 하나 남궁세가의 전설이라고 할 수 있는 검성의 목숨을 거두고 욱일승천하던 천마신교의 교주를 간단히 박살 내는 등 짧은 시간 동안 그가 보여준 무위는 가히 충격적인 것이었다.

　더구나 천마수를 얻고 죽음의 기로에서 기적적으로 되살아난 뒤 루외루의 고수들을 무참히 도륙하고 홀연히 사라진 일련의 사건은 그에 대한 공포심을 극대화시켰다.

　문건과 한규의 시선이 허공에서 얽혔다.

　문건이 한규에게 전음을 보냈다.

　[이 상태라면 전멸을 면키 힘드네.]

　현재 그들이 이끌고 있는 연화단의 수는 대략 칠십 명. 적들보다 일곱 배는 많은 인원이지만 적들의 실력을 감안했을 때 애당초 싸움이 될 수가 없었다.

　[일단 퇴각을 하는 것이…….]

　[놈들이 용인할 리가 없지. 살아난다고 해도 극히 일부

일 뿐일세.]

[하니 어찌해야 한단 말입니까?]

한규의 전음엔 먹먹한 그의 감정이 깃들어 있었다.

[유일한 가능성이라면 얼마 떨어지지 않은 곳에 있는 신도세가에 구원을 요청하는 것이라 보는데 어떤가?]

[가능하겠습니까? 전령을 보낸다고 해도 시간이 걸릴 것이고 놈들이 두고 보지도 않을 것입니다.]

한규는 회의적이었다.

[전령이 아니라 신호탄을 쏘아 올리면 어떤가?]

[신호탄이라면… 거리가 있긴 해도 가능할 것 같습니다.]

[혹시 모르니 있는 대로 쏘아 올리게.]

[그리 명하…….]

한규의 전음이 갑자기 끊겼다.

단우 노야가 그들을 보며 차갑게 웃고 있는 것을 본 것이다.

단우 노야의 기세가 폭발적으로 증가하는 것을 느낀 문건이 다급히 외쳤다.

"신호탄을 쏴라. 신도세가에 구원을 요청해!"

"서둘러랏!"

목이 터져라 외친 한규가 검을 치켜들었다.

단우 노야가 그를 향해 팔을 휘둘렀다.

손에는 아무것도 들려 있지 않았지만 손이 허공을 가르는 순간, 손에서 발출된 기운이 거대한 검을 만들어냈다.

피하기엔 늦었다고 판단한 한규는 그가 할 수 있는 모든 힘을 다해 검을 움직였다.

문건이 한규를 돕기 위해 나서고 긴장된 표정으로 상황을 주시하던 문요와 궁포가 단우 노야의 시선을 분산시키기 위해 좌우에서 공격을 감행했다.

의아한 것은 단우 노야가 협공을 당하고 있음에도 그를 따라온 단우종 등은 아무런 행동도 하지 않는다는 것이다.

오히려 그들은 눈앞의 싸움엔 관심이 없다는 듯 시선을 허공으로 돌렸다.

꽝! 꽝! 꽝!

요란한 소리를 내며 허공을 치솟은 신호탄들이 화려하게 폭발하며 오색찬란한 빛을 사방에 뿌려댔다.

"사형, 신호탄입니다. 신도세가를 부르는 모양입니다."

송강이 비웃음을 흘리며 말했다.

"놈들이 신호탄을 확인할 수 있을 것 같소?"

단우종이 고개를 돌려 사도참에게 물었다.

"다소 거리가 있기는 하지만 못 알아볼 정도는 아닌 것 같다. 더구나 이렇게 동시다발적으로 터졌으니 충분해."

신호탄의 불꽃이 사그라드는 것을 잠시 살피던 사도참이 피식 웃으며 말했다.

"그런데 올 수 있을지 모르겠군. 그쪽도 상황이 만만치는 않을 텐데 말이야."

"웬 놈들이냐?"

사방에서 포위망을 구축하고 좁혀오는 적들을 보며 신도융이 무시무시한 살기를 드러냈다.

조유유가 섭선을 살랑거리며 다가왔다.

"우리만 고생한 줄 알았는데 꼴을 보니 그쪽도 만만치 않게 고생했나 보군. 하긴, 무황성이 위험에 빠졌으니 당연한 것이겠지만 말이야."

"누구냐고 물었다."

신도융이 폭발할 듯한 기세를 발출하며 소리쳤다.

"그렇게 서둘지 않아도 금방 보내줄 테니까 설칠 필요는 없고."

신도융을 향해 비웃음 가득한 눈길을 보내던 조유유가 무표정한 얼굴을 하고 있는 신도충을 향해 시선을 돌렸다.

"그대가 천무진천인가?"

조유유가 나름 정중히 물었다. 신도융을 대할 때와는 비교할 수도 없을 정도였다.

무표정한 얼굴로 차분히 주변을 살피던 신도충이 무겁게 고개를 끄덕이며 말했다.

"그렇다. 그대들은… 루외루에서 왔나?"

조유유가 하얗게 웃으며 섭선을 탁 접었다.

"호~ 눈썰미가 좋군."

"지금 상황에서 우리의 앞을 가로막을 수 있는 곳은 루외루뿐일 테니까."

신도충이 씁쓸히 웃다 한숨을 내쉬었다.

"느낌이 좋지 않더니 역시 함정이었군."

"하, 함정이라니요, 형님?"

신도융이 당황한 얼굴로 물었다. 대답은 신도충이 아니라 굳은 얼굴로 조유유와 그의 뒤에 있는 루외루의 고수들을 살피고 있던 장로 도헌의 입에서 흘러나왔다.

"놈들은 무황성을 치려는 것이 아니었습니다."

"무슨 말을 하는 것인지……."

"무황성에선 놈들이 강남무림 연합군과 남궁세가를 무너뜨린 후, 그 여세를 몰아 무황성을 치려 한다고 판단했지만 그건 단순한 눈속임일 뿐 놈들의 목표는 무황성이 아니라 바로 우리였습니다."

도헌의 말이 끝나기가 기다렸다는 듯 공손은이 모습을 드러냈다.

"빙마곡의 남하를 막고 있는 세력이라고 하는 것이 정확하겠네요."

"네년은 또 누구냐?"

신도융이 거칠게 물었다.

그의 거친 언행에 조유유를 비롯한 루외루의 고수들의 안색이 확 변했지만 공손은은 입가에 미소를 띠며 공손히 대답했다.

"루외루의 공손은이라고 해요."

"흥! 루외루엔 인물이 이리 없는 것이냐? 고작 계집 따위가……."

신도융의 말은 이어지지 못했다. 신도충이 그의 말을 막으며 나선 것이다.

"역시 깨지지 않았군."

"무슨 말씀이신지?"

"그날 이후, 많은 이들이 루외루와 산외산의 동맹이 깨질 것이라 예측을 했다는 말이다."

그날이라는 것이 무엇을 의미하는 것인지 이해한 공손은의 표정이 살짝 굳었다.

"설사 깨지지는 않더라도 어느 정도는 서로를 견제할

줄 알았는데 이토록 신속하게 협력 관계를 구축하며 우리를 공격할 줄은 미처 예상하지 못했다. 어쨌든 욕심이라는 것이 참으로 무섭구나. 핏줄의 죽음마저 묻어버릴 정도니."

"설마요. 묻지 않았습니다."

공손은이 차가운 미소를 흘리며 말을 이었다.

"다만 잠시 뒤로 미뤘을 뿐이지요."

그때, 그녀의 머리 위로 노을빛과는 다소 이질적인 빛무리가 피어오르고 이내 은은한 폭음이 들려왔다.

79장

파국(破局)

"마불사가 철수를 시작했다고 합니다."

보고를 하는 하공의 표정과 음성이 더없이 무거웠다.

"허! 벌써? 어느 정도 예상은 했지만 이렇게 빠를 줄은 몰랐군."

단우연이 쓰게 웃으며 술잔을 들었다.

"한데 그들은 누가 움직이고 있는 건가? 사젠가, 아니면 대법존?"

"대법존입니다."

"그렇군. 중요한 순간에 뒤통수를 치더니만."

대법존의 배반으로 인해 법왕이 사로잡히고 마불사를 돕기 위해 움직였던 사제들 중 종무외를 제외한 모든 인원이 목숨을 잃었다는 것을 확인한 단우연이 이를 꽉 깨물었다.

"하면 법왕과 종 사제는 어찌 되었는가? 설마……."

"당가에 사로잡힌 채지만 목숨에는 큰 지장이 없는 것 같습니다. 이렇듯 따로 연락을 보낼 수도 있는 것을 보면요."

하공이 구김이 잔뜩 간 서찰 하나를 건넸다.

얼떨결에 서찰을 받아 든 단우연의 시선이 빠르게 내용을 훑었다.

그러곤 처음 서찰의 내용을 접한 하공이 그랬던 것처럼 신경질적으로 서찰을 구겼다.

"그동안 쥐새끼처럼 잘도 숨어 있으시더니만 이제 본격적으로 움직이기 시작했단 말이군."

"확인을 해야 합니다. 이곳이야 문제가 있을 리가 없지만 세외사패는 다릅니다. 노야의 명이 떨어지자마자 대법존이 움직였습니다. 루외루로 넘어간 야수궁이야 그렇다 쳐도 빙마곡이나 낭인천의 상황도 어찌 변할지 모릅니다. 그중 노야의 강함에 맹목적인 추종을 보여왔던 낭인천은 특히 위험합니다."

"탁 사제는 그리 만만치 않아."

"탁 사제가 무능하다는 것이 아니라 뒤로 물러난 늙은이들이 위험하다는 겁니다. 대법존처럼 그들 역시 노야의 한마디면 어찌 변할지 모르는지라."

"그렇게 따지면 빙마곡 역시 마찬가지 아닐까?"

"낭인천과는 달리 빙마곡의 수뇌들은 혈연으로 묶여 있습니다. 아무리 노야의 영향력이 강하다고 해도 빙마곡주의 심지만 굳건하면 쉽게 움직이지 못합니다."

"북리 사제라면 누구보다 믿을 만하잖아."

"예, 그래서 낭인천을 우선적으로 거론한 것입니다. 노야가 본격적으로 움직이기 시작한 이상 그에 대한 대비를 철저하게 해야 합니다. 마불사의 경우를 봤을 때 어쩌면 이미 문제가 생겼을 수도 있겠지요."

"일단 탁 사제와 북리 사제에게 지금의 상황을 알리는 것이 좋겠다. 우리도 우리지만 사제들이 우선 준비를 해야 할 테니까."

"예."

하공이 다소 힘 빠진 음성으로 대답할 때 단우연이 거칠게 고개를 흔들며 말했다.

"아니, 그 정도로는 부족할 것 같군. 내가 낭인천으로 가야겠어."

하공이 놀란 눈으로 쳐다보자 단우연이 심각한 얼굴로 말했다.

"사제 말대로 벌써 문제가 생겼을 수도 있을 것이고 만약 문제가 생겼다면 최대한 빨리 수습해야잖아. 자칫하면 마불사 꼴이 날 수도 있다."

"하면 제가 빙마곡으로 가지요."

"그렇게 해. 빨리 수습해야 돼. 노야도 문제지만 상황이 이런 식으로 흘러가면 루외루와의 관계에서도 문제가 발생할 거야. 그들은 지금 어떻게 움직이고 있어?"

"조만간 도착할 것 같습니다. 빙마곡과 루외루가 위아래에서 협공을 하면 나름 팽팽했던 전선은 금방 무너지게 될 겁니다."

"젠장, 루외루주에게 사천을 접수하겠다며 큰소리를 쳤는데 망신도 이런 망신이 없군. 그렇다고 패하길 바랄 수도 없고."

어이없는 웃음을 흘린 단우연이 단숨에 술잔을 들었다.

술맛마저 유난히 쓰게 느껴졌다.

*　　　*　　　*

"크악!"

한규가 외마디 비명과 함께 필사적으로 땅바닥을 굴렀
다.

팍! 팍! 팍!

한규가 지나간 자리가 날카롭게 파였다.

문건의 도움으로 간신히 자세를 바로잡은 한규는 거친
숨을 내뱉으며 피가 솟구치고 있는 어깨의 상처를 지혈했
다.

"빌어먹을!"

절로 욕설이 튀어나왔다.

명색이 이화검문의 원로로서 어디에 내놓아도 꿀리지
않을 정도의 실력을 지녔다고 스스로 자부했건만 단우 노
야 앞에선 한없이 초라해질 뿐이었다.

한규는 잠시도 쉬지 못하고 그대로 몸을 날렸다.

지금 상대하고 있는 인물은 그야말로 괴물.

문건이 이화검문을 대표하는 고수라고 해도 삼 초식도
제대로 버티기 힘들었기 때문이었다.

문요와 궁포가 혼신의 힘을 다해 돕고는 있었지만 애당
초 수준 차이가 너무도 심해서 사실상 큰 도움은 되지 않
았다.

문건과 한규, 문요와 궁포가 단우 노야와 접전(?)을 펼치
는 사이 연화단은 단우 노야의 제자들에게 일방적인 학살

을 당하고 있었다.

연화단주와 부단주가 빠진 상황에서 각 조장들이 최선을 다해 동료들을 이끌었지만 애당초 실력 차이가 너무도 컸다.

산외산의 고수들이 휘두르는 일수를 제대로 감당할 수 있는 사람이 전무했고 합공을 해도 그저 약간의 시간을 버는 것뿐 결과는 마찬가지였다.

연화단의 숫자가 절반으로 줄어들었을 즈음 단우 노야를 상대하고 있던 이들의 상황이 급변했다.

가장 실력이 약한 궁포가 끊임없이 이어지는 단우 노야의 공세에 더 이상 견디지 못하고 쓰러진 것이다.

천마수에 일격을 맞고 삼 장여를 날아가 처박힌 궁포는 끔찍할 정도로 함몰된 가슴을 부여잡고 가쁜 호흡을 내뱉었다.

숨을 내쉴 때마다 칠공에서 피가 솟구쳤지만 누구 하나 그를 돕기 위해 움직이지 못했다.

죽음을 코앞에 두었음에도, 감당키 힘든 고통이 전신을 옥죄어왔음에도 궁포의 눈길은 여전히 단우 노야에게 향해 있었다.

단우 노야의 움직임은 처음부터 한결같았다.

공방에 있어 서두르는 기색이 전혀 없었다.

상대가 어떠하든 과한 움직임이 전혀 없었으며 조금씩 위치를 바꾸는 발의 움직임 또한 느긋하기만 했다.

놀라운 것은 그토록 격렬한 공방 속에서도 단우 노야가 움직인 반경이 일 장도 채 되지 않는 다는 것.

제자리에 서서 이화검문에서도 손꼽히는 고수 문건, 한규와 연화단의 단주와 부단주의 합공을 감당한 것이었다.

단우 노야가 처음으로 머물던 반경에서 벗어났을 때 궁포가 치명적인 부상을 당하고 말았으니 이는 곧 그가 마음만 먹었다면 언제든지 합공을 격파하고 상대를 격살할 수 있음을 단적으로 보여주는 것이라 할 수 있었다.

'저, 정말 ㄲ, 끔… 찍할 정도로 강… 하다.'

감당할 수 없는 거대한 적 앞에서 진저리를 친 궁포는 자신들의 최후를 이미 직감하고 있음에도 검을 놓지 못하고 있는 이들을 안쓰럽게 바라보며 힘없이 고개를 떨구고 말았다.

궁포가 쓸쓸히 목숨을 잃을 때 단우 노야를 상대하는 이들의 상황이 심각하게 변해갔다.

지금껏 느긋하게 공방을 펼치던 단우 노야가 단 한 번의 변화로 궁포에게 치명상을 안기더니 본격적으로 실력 발휘를 시작한 것이다.

깊게 가라앉아 있던 단우 노야의 눈빛이 어느샌가 붉게 물들었고 무심했던 표정 또한 어딘지 모르게 험악해져 있었다.

단우 노야의 팔이 거칠게 움직이고 시퍼런 강기가 검처럼 쏘아졌다.

목표가 된 문건은 피할 엄두조차 내지 못하고 검을 휘둘렀다.

"크으으으."

문건의 입에서 나직한 신음이 흘러나왔다.

검에서 전해지는 충격의 강도가 점점 세지고 있었다.

연이어 공격을 받아낸 검은 듬성듬성 이가 빠진 채 금방이라도 부러질 듯 위태로웠고 찢어진 손아귀에서 흘러내린 피가 손잡이를 붉게 물들였다.

눈빛이 한층 더 붉어진 단우 노야가 문건을 향해 성큼성큼 걸음을 옮겼다.

위기에 빠진 문건을 구하고자 한규가 달려들었다.

단우 노야는 맹렬한 기세로 날아드는 공격을 향해 천마수를 움직였다.

전력을 다한 한규의 공격은 천마수에 의해 너무도 허무하게 막히고 말았다.

단순히 막힌 정도가 아니라 예상치 못한 반격에 검마저

잃고 왼쪽 팔이 부러지는 중상까지 당하고 말았다.

바로 그 순간, 지금껏 기회를 엿보던 문요가 허리까지 내려오는 머리카락을 흩날리며 힘차게 도약했다.

문건의 등 뒤에서 솟구친 문요가 회심의 일격을 날렸다.

이름 하여 비검추뢰(飛劍追雷).

일격필살의 절기인 만큼 위력은 뛰어나지만 그만큼 공격이 실패했을 경우 시전자가 받아야 하는 타격은 상당했다.

절체절명의 위기에 몰린 상황에서 선택의 여지는 없었다.

문요의 공격을 돕기 위해 문건과 한규가 힘을 합쳤다.

목구멍까지 치미는 피를 억지로 삼킨 문건이 몸에 남은 한 줌의 기운까지 쥐어짜며 몸을 날렸다.

비검추뢰와 짝을 이루는 비검추섬(飛劍追閃)이었다.

문건과 문요가 비장의 한 수를 펼치는 것을 확인한 한규가 입술을 꽉 깨물었다.

반 토막이 난 검을 버린 한규가 단우 노야를 향해 그대로 뛰어들었다.

천마수가 한 치의 오차도 없이 그의 가슴을 꿰뚫었을 때 양손으로 천마수를 움켜잡은 한규가 피를 토하며 마지막 남은 힘을 다해 천근추를 시전했다.

한규의 발이 무릎까지 땅에 박혔다.

"끄, 끝장이다. 노물! 크흐흐……."

웃음소리는 끝까지 이어지지 못했다.

한규의 웃음소리를 듣던 단우 노야가 그의 심장을 그대로 움켜쥐어 터뜨려 버린 것이다.

한규의 희생을 바탕으로 완전히 움직임이 묶인 단우 노야를 보며 문건과 문요의 눈빛이 더욱 매서워졌다.

더불어 한규의 희생이 헛되지 않도록 반드시 공격에 성공해야 한다는 각오를 불태웠다.

검과 하나가 되어 단우 노야를 향한 문건과 문요는 마치 두 마리의 용이 하나의 여의주를 물고 승천이라도 하는 듯 맹렬히 회전하며 접근하다가 한규의 숨이 끊어지던 찰나, 각자의 목표를 향해 움직였다.

문건의 검이 향한 곳은 단우 노야의 머리였고 문요의 검이 노린 곳은 단우 노야의 단전이었다.

누가 봐도 위기였다.

천하를 오시할 정도로 뛰어난 무공을 지닌 단우 노야였지만 한쪽 팔이 완전히 묶이고 움직임마저 봉쇄당한 상황에서 두 사람의 공격을 모두 막아내기란 결코 쉽지 않을 터였다.

단우 노야의 왼쪽 발이 가볍게 움직였다.

지면에서 살짝 뜨는가 싶던 발이 다시금 지면에 닿는 순간, 그를 중심으로 거대한 충격파가 주변을 휩쓸기 시작했다.

　사방 십여 장의 땅거죽이 그대로 뒤집히며 흙과 돌멩이로 이뤄진 폭풍이 천지를 뒤덮었다.

　매섭게 몰아치는 폭풍을 온몸으로 감당하며 전진하는 문건과 문요.

　단우 노야의 그 한 수로 인해 빛살 같던 움직임이 현저하게 느려졌는데 과연 폭풍을 뚫어낼 수 있을지 의문이 들 정도로 힘겨운 모습이었다.

　단우 노야가 발을 구르고 첫 충격파가 휘몰아치는 순간부터 이미 모든 것이 끝났다는 것을 직감한 그들의 표정은 절망감으로 가득했다.

　그럼에도 그들은 포기할 수가 없었다.

　그나마 지금의 공격만이 단우 노야를 쓰러뜨릴 미약한 가능성이 있었고 더구나 그냥 포기해 버리면 한규의 희생이 너무도 무의미해지기 때문이었다.

　마침내 문건의 검이 폭풍을 뚫어내고 목표에 도착했다.

　다만 그를 기다리는 것은 단우 노야의 머리가 아니라 여전히 자유롭던 오른팔이었다.

　문건의 눈앞에서 섬광이 터졌다.

그것을 느낀 순간 몸은 접근하던 속도보다 몇 배나 빠른 속도로 튕겨져 나갔다.

문요의 검도 목표에 도착했다.

그녀의 검을 맞이한 것은 한규의 가슴을 뚫고 심장을 으깨 버린 천마수였다.

자신의 공격이 너무도 쉽게 무력화되고 검마저 산산조각이 나는 것을 확인한 본 문요는 분노와 슬픔, 공포로 점철된 표정으로 눈을 감았다.

이어지는 극통.

문요의 눈이 부릅떠졌다.

실핏줄이 터져 붉게 변해 버린 그녀의 눈이 고통이 시작된 곳으로 향했다.

가슴 깊이 파고든 천마수를 확인하던 문요의 눈이 혈기로 번들거리는 단우 노야의 눈과 마주쳤다.

고통마저 잊힐 정도의 공포가 밀려들었다.

자신에게 벌어질 끔찍할 일을 본능적으로 깨달은 문요가 필사적으로 발버둥 쳤지만 천마수에 가슴을 꿰뚫린 그녀의 움직임은 미약하기만 했다.

"안 돼!"

천마수가 문요의 심장을 관통하는 것을 목도한 문건이 울부짖으며 달려들었다.

단우 노야가 축 늘어진 문요의 몸을 치켜 올렸다.

입가엔 도저히 인간의 것이라곤 여겨지지 않을 정도로 끔찍한 미소가 떠올라 있었다.

$$* \qquad * \qquad *$$

쿵. 쿵. 쿵.

물러나는 조유유를 따라 깊게 파인 발자국이 드러났다.

발자국의 깊이가 점점 낮아지다가 거의 보이지 않을 정도로 희미한 곳에 우뚝 서 있는 조유유의 입가에선 가느다란 피가 흘러내렸다.

"괜찮으세요?"

공손은이 다소 굳은 얼굴로 물었다.

"걱정하지 마라. 아직 시작도 하지 않았다."

짧게 대답한 조유유가 움켜쥔 섭선을 힐끗 살폈다.

서너 곳의 부챗살이 부러지거나 휘어진 상태였다.

수호령주가 등장하기 전까지만 해도 무황과 더불어 무황성 최고의 고수라 칭해지던 천무진천 신도충의 공격을 감당한 것치고는 아주 양호한 상태였지만 조유유의 입장에선 결코 그렇게 생각할 수가 없었다.

"천무진천, 과연 허명은 아니었군."

입술을 지그시 깨문 조유유의 전신에서 투기가 활활 타올랐다.

상대의 기세가 확 변한 것을 확인한 천무진천의 표정에도 긴장감이 흘렀다.

솔직히 그는 조유유가 놀란 것과는 비교도 되지 않을 만큼 놀라는 중이었다.

천무진천이 무림삼비라는 루외루의 고수와 직접 손속을 겨뤄본 것은 이번이 처음이었다.

그리고 어째서 그들이 무림삼비라 불리는지, 무림제패라는 감히 말도 안 되는 야욕을 부리는지 정확히 이해할 수 있었다.

지난 며칠 동안 세외사패 중 최강이라 평가받는 빙마곡의 고수들과 치열한 싸움을 벌였지만 감당하지 못할 고수는 없었다.

그런데 눈앞의 상대는 아니었다.

만약 폐관수련을 통해 새로운 경지에 이르지 못했다면 제대로 된 공방도 펼쳐 보지 못하고 패퇴했을 만큼 정말로 막강한 실력을 지닌 것이다.

'게다가 이자 한 명뿐이 아니다.'

언뜻 보아도 조유유와 비견될 정도의 기운을 지닌 자가 서너 명은 족히 되어 보였다.

'문제군.'

천무진천의 입에서 한숨이 흘러나왔다.

자신과 조유유의 싸움은 둘째 치고 전체적인 전력이 비교가 되지 않았다.

무황성을 지키기 위해 지원군에는 그를 제외하고도 다섯 명의 장로와 호법이 함께했고 실전을 제대로 경험한 백룡대의 힘도 결코 만만치는 않았다.

하나 포위망을 구축한 루외루의 정예에 비하자니 헛웃음만 흘러나올 뿐이었다.

병력의 숫자마저 루외루가 거의 배나 많았다. 도저히 활로가 보이지 않았다.

천무진천이 거칠게 고개를 흔들었다.

상황이 어떻든 지금은 쓸데없는 상념에 사로잡힐 때가 아니었다.

상처 입은 맹수처럼 달려드는 눈앞의 상대는 머리에 잡념을 가지고 상대할 수 있을 만큼 만만한 인물이 아니다.

천무진천을 향해 다가오던 조유유가 섭선을 활짝 펴더니 안쪽에서 바깥쪽으로 뿌리듯 휘둘렀다.

천무진천은 섭선에서 불꽃이 피어오른다고 느꼈다.

그것을 느꼈을 땐 이미 화염을 품은 거대한 불새가 덮쳐왔다.

지금껏 경험해 보지 못한 뜨거운 열기가 훅 하고 들이쳤다.

천무진천은 호신강기로 열기를 견뎌내며 자신을 덮쳐 오는 불새의 목을 그대로 잘라 버렸다.

군더더기 하나 없이 소름이 끼칠 정도로 깔끔한 동작이었다.

불새의 목이 잘리는 순간, 조유유의 입가에서 흘러내리는 피의 양이 한층 짙어지고 양 또한 많아졌다.

전신의 내력을 끌어 올린 조유유가 거푸 섭선을 휘둘렀다.

목이 잘려 추락한 불새를 대신해 더욱 강력한 힘을 지닌 불새가 다시금 천무진천을 노렸다.

불새의 거대한 발톱이 천무진천의 검을 뚫고 몸뚱이를 훑고 지나갔다.

천무진천의 몸이 휘청거렸다.

호신강기로 몸을 보호하고 있음에도 왼쪽 어깨와 옆구리 쪽으로 상당한 타격을 받았다.

천무진천의 몸에 상처를 낸 불새의 다리 역시 그의 검에 의해 흔적도 없이 사라졌다.

공방은 한참이나 이어졌다.

천무진천의 검에 당한 불새는 계속해서 부활했으나 시

간이 갈수록 그 위세가 사그라들어 처음의 모습은 온데간 데없었다.

당연히 조유유의 상태도 좋지 못했다.

하얗게 질린 얼굴은 금방이라도 쓰러질듯 위태로웠고 입에서 터져 나온 피가 전신을 붉게 물들였다.

붉다 못해 검은 핏물 속에는 조각난 살점들이 섞여 있는 것으로 보아 심각한 내상을 당한 듯 보였다.

천무진천의 몰골 역시 말이 아니었다.

옷은 누더기로 변한 지 오래고 상투가 잘려 흩어진 머리카락이 거칠게 흩날렸다.

피와 땀, 흙먼지가 뒤섞여 거지꼴을 면치 못했다. 게다가 부상을 당하지 않은 곳을 찾는 것이 쉬울 정도로 전신에 크고 작은 부상이 가득했다.

"아무래도 위험해."

조유유와 천무진천의 치열한 공방을 처음부터 지켜보던 공손무가 심각한 표정으로 말했다.

"확실히 그렇군."

막 신도융의 숨통을 끊고 돌아온 이명이 미간을 좁히며 고개를 끄덕였다.

공손무가 힐끗 바라보며 말을 이었다.

"사람들이 하도 천무진천, 천무진천 하며 떠들어대길래

나름 뛰어나다고 생각은 하고 있었지. 그래도 우물 안 개구리인 줄 알았는데 그게 아니야. 잘못하면…….”

이명이 말을 잘랐다.

“솔직히 루외루에서도 저만한 고수는 찾기 힘들지. 방금 전 숨통을 끊어놓은 늙은이와 비교하면 그야말로 천지 차이군. 특기를 살린다면 모를까 정면대결이라면 절대 피하고 싶은 상대야. 이길 자신도 없고.”

이명이 질렸다는 표정으로 고개를 절레절레 흔들었다.

“이대로 지켜만 볼 수는 없을 것 같은데.”

슬며시 의견을 건네는 공손무의 음성이 어딘지 모르게 조심스러웠다. 그가 무엇을 말하고자 하는 것인지 단번에 파악한 이명이 단호히 고개를 저었다.

“그렇다고 끼어들 수도 없잖아. 저 친구 자존심에 절대로 용납하지 않을 걸세. 평생 원수처럼 지낼 수도 있어.”

“하면 그대로 방관하잔 말인가? 상황이…….”

신경질적으로 말을 내뱉던 공손무가 말끝을 흐렸다. 정면을 주시하고 있던 이명의 눈동자가 급격하게 커진 것을 본 것이다.

화들짝 놀라 전장으로 고개를 돌리는 공손무.

놀란 그의 눈에 서로에게 최후의 일격을 날리는 두 사람의 모습이 들어왔다.

허공으로 치솟은 천무진천의 머리 위로 서산마루로 넘어가는 태양이 마지막 숨결을 힘겹게 토해내고 있었다.

천무진천을 향한 조유유의 눈매가 가늘어졌다.

조유유가 주저 없이 섭선을 날렸다.

활짝 펴진 채 빛살처럼 날아간 섭선이 천무진천의 가슴에 박힐 찰나 그의 머리 위에 떠 있던 태양이 반으로 갈라졌다.

섭선도 반으로 잘렸다.

멍하니 서 있던 조유유의 몸이 누군가에 의해 거칠게 이동했다.

그의 움직임을 따라 피 분수가 솟구쳤다.

왼쪽 목덜미에서 허벅지까지 일직선으로 깊게 난 상처에선 무서울 정도로 피가 뿜어져 나왔다.

조유유가 다급히 지혈을 하는 이명의 손을 거칠게 움켜잡았다.

"이, 이게 무슨 짓인가!"

노여움 때문인지 얼굴 근육 전체가 부들부들 떨렸다.

"대업을 앞두고 이런 곳에서 자네를 잃을 수가 없었네."

이명의 입가에 쓴웃음이 걸려 있었다.

"다, 다른 사람도 아닌 자네가 어찌 이런 짓을! 날 천하의 얼간이로 만들 셈인가?"

조유유가 버럭 소리를 지르자 막 지혈을 해놓은 상처에서 다시금 피가 솟구쳤다.

"얼간이로 만들 생각이었다면 진즉에 움직였겠지. 이런 꼴이 되도록 놔두지도 않았어."

이명의 음성이 조금은 차가워졌다.

"무슨 궤변을……."

이명은 흥분을 감추지 못하고 있는 조유유의 어깨를 지그시 누르며 고개를 돌렸다.

조유유에게 치명적 타격을 가한 천무진천은 그들과 칠 장여 떨어진 곳에 우두커니 서 있었다.

이명은 절로 한숨이 흘러나왔다.

공손무에게 절대 개입할 수 없다는 말을 채 끝마치기도 전에 개입을 하고 말았으니 꼴이 너무 우습게 되었다.

"이번 싸움은 그대가 이겼다."

"……."

"싸움에 끼어든 것을 용서하라. 하지만 어차피 승부가 결정된 상황에서 이 친구를 잃을 수는 없었다."

이명과 그에게 안긴 조유유를 가만히 바라보던 천무진천의 입가에 미소가 지어졌다.

"상관없다. 무림… 의 앞날을 위해서라면 반드시 제거를 해야겠지만 그대… 들이 마음만 먹었다면 애당초 이런 싸… 움이 성립되지도 않았을 테니.”

읊조리듯 얘기한 천무진천의 시선이 조유유에게 향했다.

“좋은 승부… 였다.”

말이 끝남과 동시에 천무진천이 몸을 휘청거리며 입에서 검은 피를 토해냈다.

허리를 꺾는 그의 등 위로 이명이 던진 검이 삐죽이 솟아 있었다.

천무진천이 검을 땅에 박으며 무너지는 몸을 힘겹게 추슬렀다.

무겁게 가라앉은 눈동자가 전장을 향해 움직였다.

그와 함께한 장로와 호법 중 남은 사람은 청송의 공격을 힘겹게 받아내고 있는 도헌뿐이었고 백룡대는 이미 팔 할 이상이 목숨을 잃은 상태였다.

전멸은 시간문제였다.

힘없이 쓰러지는 이들을 위해 아무것도 해줄 수 없다는 안타까움 때문인지 무겁게 가라앉았던 눈동자에 슬픔이 가득했다.

시야가 흐려졌다.

죽음이 임박했음을 본능적으로 느낀 천무진천이 천천히

고개를 들었다.

붉은 햇살이 눈으로 쏟아져 들어왔다.

햇살의 따스함을 느끼며 천무진천 신도충의 눈이 조용히 감겼다.

"대단한 무위였는데 아쉽네요."

전장에서 조금 떨어진 곳, 몸을 숨기고 천무진천과 조유유의 싸움을 지켜보던 단우종이 천천히 무너져 내리는 천무진천을 보며 아쉬움을 표했다.

"붙어보고 싶었던 모양이군."

사도참이 웃으며 말했다.

"그만큼 매력적인 상대니까요."

"저자들도 충분히 매력적인 상대다. 다들 천무진천에 못지않아."

사도참이 마무리가 되어가는 전장을 주시하는 루외루의 수뇌들을 가리켰다.

"그렇긴 합니다. 확실히 강하긴 하네요. 비겁한 짓을 해서 그렇지."

단우종의 입가에 비웃음이 흘렀다.

"비겁하다 욕할 순 있겠지만 최선의 방법인 것은 확실하지. 저만한 고수를 잃을 수는 없으니까. 쓸데없는 짓이라는 것을 곧 알게 되겠지만."

사도참이 숨죽이고 은신하고 있는 병력을 힐끗 바라보며 말했다.

이화검문의 지원군을 몰살시킨 뒤 합류한 빙마곡의 병력이었다.

빙마곡주가 특별히 고르고 고른 인재들이라 그런지 은연중 뿜어내는 기세가 제법 대단했다.

바로 그때였다.

유령처럼 나타난 단우 노야가 물었다.

"아직이냐?"

깜짝 놀란 사도참이 자세를 바로하며 대답했다.

"이제 마무리가 되어갑니다."

"그런데 생각보다 피해가 크지는 않습니다. 신도세가 놈들이 나름 선전을 한 것 같기는 한데 힘에서 워낙 차이가 큰 탓인지 기대했던 결과는 나오지 않았습니다."

"그것이 문제더냐?"

단우 노야가 무심한 얼굴로 물었다.

그의 눈동자 깊은 곳에 혈광이 이는 것을 눈치챈 단우종이 얼른 고개를 저었다.

"전혀 아닙니다."

찬바람이 없음에도 등줄기에 한기가 들었다.

"아악!"

마지막까지 저항하던 백룡대 이조장의 외마디 비명과 함께 모든 싸움이 끝났다.

루외루의 포위 공격이 시작된 지 정확히 이각여 만에 천무진천 신도충을 필두로 한 신도세가 지원군이 모조리 몰살당한 것이다.

"생각보다 쉽게 끝났군."

공손무가 전열을 정비하는 수하들을 살피며 만족한 미소를 지었다.

"애당초 수준이 다르니까."

이명의 말에 다들 자부심 가득한 얼굴로 고개를 끄덕였다.

"장소가 괜찮기는 하지만 피비린내가 진동을 하는 곳에서 노숙을 하긴 그러니 이동하는 것으로 하지. 일단은 잠시 쉬며 부상자를 살피도록 하고."

공손무의 말에 다들 동의했다.

"한데 저쪽 상황은 어찌 됐는지 모르겠네. 신호탄이 올라온 것을 보면 빙마곡의 병력이 이화검문⋯ 맞더냐?"

이명이 공손은을 향해 고개를 돌렸다.

"예, 이화검문의 연화단이 신도세가의 지원군에 합류하

기 위해 이동 중이라 했습니다."

"그래, 연화단. 어쨌든 빙마곡 놈들이 연화단의 뒤를 덮친 것 같은데 어째서 소식이 없을까?"

"연화단이라면 이화검문에서도 정예로 꼽힙니다. 쉽게 생각할 자들은 아니지요."

"쯧쯧, 신도세가에 비해 인원도 얼마 되지 않는다고 들었는데. 그 정도도 쉽게 처리하지 못해서야……."

이명이 혀를 차며 고개를 흔들 때였다.

후미 쪽을 살피고 있던 척후로부터 일단의 무리가 접근하고 있다는 신호가 왔다.

"오는 모양입니다"

공손은의 말에 이명이 코웃음을 쳤다.

"흥! 이제야 기어오는군. 게으른 놈들 같으니."

"나름 동맹 관계를 맺고 있는 자들이니 말은 가려 하는 것이 좋겠네."

행여나 실수를 할까 걱정한 공손무가 입단속을 했다.

"하수인 따위에게 동맹은 무슨."

"어허! 자네."

"걱정하지 말게. 애당초 놈들과는 얼굴 마주할 생각도 없었으니까."

가볍게 손사래를 친 이명은 심각한 부상을 당한 채 치료를 받고 있는 조유유를 향해 걸음을 옮겼다.

차라리 잘됐다 싶은 공손무가 어느새 공손은의 곁으로 다가온 청송에게 말했다.

"네가 마중을 가도록 해라. 그래도 동맹을 맺은 자들이니 예를 차려야 할 게야."

"알겠습니다."

명을 받은 청송이 금검단원 몇을 대동하고 빙마곡의 병력을 맞이하기 위해 움직였다.

"시신이라도 대충 치우는 것이 어떨까요?"

공손은이 주변을 둘러보며 물었다.

아무렇게나 널브러진 시신들과 잘려 나간 몸뚱이, 그들이 흘린 피는 누가 보더라도 눈살을 찌푸릴만했다.

"놔둬라. 어차피 저놈들도 피를 보고 오는 놈들이다. 이곳의 상황을 확인하면 함부로 까불지는 못하겠지."

공손무는 이화검문보다 월등한 전력을 지닌 신도세가를 간단히 도륙한 장면을 보여줌으로써 루외루의 힘을 상대에게 각인시키는 한편 함부로 경거망동하지 말 것을 경고하고자 했다.

공손무의 의도를 곧바로 이해한 공손은이 미소를 띠며 고개를 끄덕였다.

"그래야겠네요. 다들 피곤할 텐데 괜히 휴식 시간을 빼앗을 필요도……."

공손은의 말이 뚝 끊겼다.

그녀의 시선이 자신의 말을 끊은, 다급한 외침과 욕설이
들려온 곳으로 향했다.

꽝! 꽝! 꽝!

시선을 돌리기가 무섭게 들려오는 충돌음이 보통 격렬
한 것이 아니었다.

충돌음은 이내 사그라들고 그 자리를 처절한 비명 소리
가 대신했다.

비명 소리의 주인이 청송과 함께 빙마곡을 맞이하러 간
수하들의 것임은 의심할 여지가 없었다.

온갖 손짓을 해가며 미친 듯이 달려오던 수하의 머리가
뒤쪽에서 날아든 한 줄기 빛에 의해 허공으로 치솟는 것을
똑똑히 보았기 때문이었다.

"배… 반?"

딱딱히 굳은 얼굴을 한 공손무가 도저히 이해할 수 없다
는 듯 자문했다.

"배반이라면 응징하면 그뿐일세."

조금 전, 조유유에게 갔던 이명이 어느새 나타나 숨 막
힐 듯한 살기를 내뿜었다.

공손무가 주변을 살폈다.

이명을 비롯한 수뇌들은 이미 도착을 했고 휴식을 취하던 수하들 역시 새롭게 등장한 적을 맞이할 준비를 끝낸 상황이었다.

청송과 미래가 약속되었던 공손은은 하얗게 질린 얼굴로 전방을 주시했다.

청송이 누구보다 강한 사람이라는 것을 알고 또 믿고 있었지만 적들 또한 충분히 강했으며 기습적인 공격이라면 제아무리 청송이라도 감당키 힘들 것이 분명했기 때문이었다.

"걱정하지 말거라. 무사할 게다."

그녀의 마음을 짐작한 공손무가 어깨를 가만히 짚었다.

공손무의 손길에서 진한 떨림을 느꼈지만 공손은은 내색하지 않고 고개를 끄덕였다.

"믿습니다."

하나, 그녀의 믿음은 촌각도 되지 않아 깨지고 말았다.

전방에서 다가오는 일단의 무리에서 꿈에서도 보고 싶지 않은 괴물을 보게 된 것이다.

아직 제대로 얼굴도 확인하지 못할 거리였지만 그녀는 본능적으로 느낄 수 있었다.

"저… 저… 저!"

공손은이 찢어질 듯 부릅떠진 눈으로 손가락을 치켜들었다. 전방을 가리키는 손가락이 부들부들 떨렸다.

"왜 그러느냐?"

갑작스레 변한 그녀의 반응에 공손무가 걱정스러운 얼굴로 물었다.

비록 연인인 청송의 안위가 불확실하다지만 평소 누구보다 차분하고 냉정했던 모습을 떠올리면 지금의 반응은 확실히 과했다.

"피, 피해야… 피해야……."

공손은은 공손무의 물음에 제대로 답을 하지 못하고 횡설수설을 해댔다.

"정신 차리거라! 이 무슨 꼴이냐?"

공손무가 공손은의 양어깨를 잡고 흔들었다.

"다, 다 죽… 어요. 도망을……."

극도의 공포에 사로잡힌 그녀의 표정에서 공손무는 비로소 상황이 심상치 않음을 느낄 수 있었다.

단순히 청송의 문제 때문에 지금과 같은 반응을 보이는 것이 아님을 깨달은 것이다.

공손무와 마찬가지로 걱정스레 그녀를 지켜보던 이명의 눈이 심각하게 변한 것이 바로 그 즈음이었다.

정확히는 무리를 이끌고 나타난 단우 노야의 기운을 확

인한 순간부터였다.

"이 무슨……."

이명의 입에서 비명과도 같은 신음이 흘러나왔다.

그야말로 압도적인 존재감.

노인이 한 걸음 내디딜 때마다 지금껏 경험해 보지 못한 힘이 전신을 옥죄어왔다.

검을 잡은 손이 그도 의식하지 못하는 사이 덜덜 떨렸다.

이명뿐만이 아니었다.

그곳에 있는 모든 이가 마치 거대한 폭풍우에 사로잡힌 듯한 느낌에 숨조차 제대로 쉬지 못했다.

불현듯 머리를 스치고 지나가는 것이 있었다.

"저자가 단우 노야라는 자냐?"

공손은이 미친 듯이 고개를 끄덕였다.

"마, 맞아요. 단우 노야. 바로 그 괴물이에요."

여전히 공포에 젖은 음성이었다.

"최악이군. 하필이면 저 노물이라니."

공손무가 낭패한 표정으로 고개를 흔들었다.

"산외산 놈들에게 제대로 당했어. 설마하니 이렇게 뒤통수를 칠 줄이야."

이명이 이를 부득 갈았다.

"아니, 그건 아닌 것 같네. 산외산주가 저 노물과 틀어진 것은 확실한 사실이야."

"그렇다면 저건 뭔가? 어째서 저 노물이 빙마곡의 쓰레기들과 함께 있는 것이지?"

이명이 단우 노야를 따르는 병력을 가리켰다.

빙마곡을 상징하는 무늬가 새겨진 머리띠를 두르고 나타난 이들의 숫자는 대략 백여 명 정도였다.

"빙마곡 따위는 문제도 아닙니다. 우리 아이들의 실력이라면 충분히 상대를 할 수 있습니다. 문제는 바로 저놈들이지요."

황인효가 단우 노야의 바로 뒤에서 여유 있게 걸음을 옮기고 있는 단우종 등을 가리켰다.

"확… 실히 그렇군."

공손무의 입에서 침음이 흘러나왔다.

단우 노야라는 거대한 존재에 가려서 그렇지 그들 개개인이 흘리고 있는 기운 또한 결코 예사로운 것이 아니었다.

정확한 실력을 직접 부딪쳐 봐야 확인을 할 수 있겠지만 만만히 상대할 수 있는 자들은 분명히 아니었다.

'어찌해야 하는가?'

단우 노야의 실력은 이미 강남대회전에서 천하를 진동

시켰다.

게다가 실력을 가늠키 힘든 고수들까지 함께한 상황에서 정면 대결은 분명 무리였다.

거의 불가능하리라 예측되지만 설사 승리를 거둔다고 하더라도 그 피해는 치명적일 터였다.

'퇴각을 하려 해도 무사히 보내주지 않을 것이고.'

물론 정면 대결을 하는 것보다는 훨씬 많은 인원이 많은 이들이 살아남겠지만 그 또한 미지수였다.

"쓸데없는 생각 하지 말게. 피할 수 없는 싸움이야."

공손무의 고뇌를 짐작한 듯 이명이 단우 노야에게 시선을 고정시킨 채 말했다.

"그렇게 쉽게 말할 상황은 아닐세."

공손무가 한숨을 내쉬었다.

"어려울 건 또 뭔가? 나와 자네가 저 노물을 책임지면 될 것이고 나머지 놈들이야 저 친구들을 믿으면 되는 것이야."

이명이 황인효를 필두로 전의를 불태우고 있는 노고수들을 가리키며 말했다.

그들만이 아니었다.

공손무의 명령을 기다리는 루외루 병력들의 전의 또한 대단했다.

조금 전, 단우 노야의 기세에 짓눌렸던 모습은 이미 사라지고 없었다.

"그러게. 내가 쓸데없는 생각을 하고 있었군. 미안하네."

실책을 인정한 공손무가 자신감 넘치는 얼굴로 자신을 바라보고 있는 이들을 향해 환한 미소를 지어 보였다.

그 미소가 끝날 즈음 그들을 향해 날아오는 물체가 있었다.

땅에 떨어져 힘없이 굴러온 물체는 청송의 머리였다.

쩍 벌어진 입, 채 감기지 못한 눈, 고통으로 일그러진 얼굴이 보는 것만으로도 섬뜩했다.

"부단주!"

금검단 수석조장 조표가 울분에 찬 외침과 함께 청송의 머리를 품에 안았다.

청송의 죽음을 확인한 금검단이 분노로 들끓었다.

각 조장들이 필사적으로 제어를 했기에 망정이지 그렇지 않았다면 당장에라도 뛰쳐나갔을 것 같은 모습들이었다.

"청… 송."

공손은이 비틀거리며 걸음을 옮겼다.

비명을 들었을 때부터 지금과 같은 상황을 어느 정도는

예상했으면서도 막상 청송의 죽음을 확인한 지금 그녀는 온전한 정신을 유지할 수가 없었다.

단우 노야가 그녀에게 안겨준 공포와는 전혀 다른 충격으로 인해 그녀의 사고는 완전히 마비가 되버렸다.

비틀거리던 공손은이 갑자기 의식을 잃고 축 늘어졌다.

힘없이 무너지는 그녀의 몸을 가볍게 안아 든 공손무가 의아한 표정을 짓는 이명 등에게 말했다.

"다른 사람은 몰라도 이 아이는 살려야지."

말뜻을 곧바로 이해한 이명이 고개를 끄덕였다.

"그래야지. 그 녀석을 잃은 지도 얼마 되지 않았는데 이 아이마저 잘못되게 할 수는 없지. 조표."

"예, 원로님."

"발 빠른 녀석 서넛 골라서 이 아이를 맡겨라. 지금 움직이면 눈에 뜨일 테니 싸움이 시작되면 바로 탈출하라고 해. 아, 조 원로도 함께."

이명의 시선이 정신을 잃은 채 누워 있는 조유유에게 향했다.

"알겠습니다."

조표가 임무를 맡을 수하를 부르는 사이 이명은 어쩌면 마지막이 될 친우의 얼굴을 물끄러미 바라보며 조용히 작

별 인사를 했다.

　'먼저 간다고 서운해하지 말게나. 좋은 자리 잡고 기다
릴 테니 천천히 오게.'

80장

전환점(轉換點)

"아뿔싸!"

비명과도 같은 탄식을 내뱉는 제갈명의 안색이 딱딱하게 굳었다.

"무슨 일이십니까?"

부군사 동황이 놀라 물었다.

"우리가 놈들의 간계에 속았다."

"간계라시면……."

"허장성세에 속았던 것이야. 부끄러워 얼굴을 들지 못하겠구나. 루외루 단독으로 무황성을 노릴 가능성이 없다는 것을 진즉에 깨달았어야 하는 것인데."

탁자 위에 놓인 여러 장의 보고서를 신경질적으로 쓸어 버린 제갈명이 속이 타는지 물을 벌컥벌컥 들이켰다.

"하, 하면 놈들이 이곳을 노리는 것이 거짓이란 말씀입니까?"

동황이 입을 쩍 벌리며 물었다.

"거짓이다. 산외산과 동맹을 맺었다고는 하지만 이는 한시적일 가능성이 크다. 아마도 우리를 쓰러뜨리고 무림을 양분하게 되는 순간 깨질 것이야. 그때를 대비해서라도 루외루는 절대로 무리하지 않아. 최대한 전력을 보전해야 한다는 말이지. 그런 놈들이 무황성을 친다? 그것도 단독으로? 결코 있을 수 없는 일이다. 멍청한!"

제갈명은 이를 제대로 간파하지 못하고 지금껏 대책을 세우느라 허둥지둥댄 자신의 모습이 너무도 한심해 견딜 수가 없었다.

그제야 상황을 이해한 동황 역시 낭패한 얼굴이었다. 그러다 문득 이상한 생각이 들었다.

"그렇다면 놈들은 어째서 이런 계략을 꾸민 것일까요? 뭔가를 노리는 것이 있으니까 이리 요란스레……."

동황의 음성이 갑자기 잦아들었다.

급격히 어두워지는 얼굴, 일그러진 표정이 뭔가를 깨달

은 듯했다.

"서, 설마 놈들의 목표가……."

동황은 차마 말을 잇지 못하고 제갈명을 바라보았다.

"예상이 맞다. 놈들은 무황성이 아니라 바로 이곳으로 움직였다."

제갈명이 들고 있던 물 잔을 벽에 걸린 지도를 향해 던졌다. 물 잔은 산산이 조각나 사방으로 흩어졌지만 최초로 부딪친 곳에 진한 흔적을 남겼다.

동황은 물 잔이 날아가 부딪친 곳을 직시하며 두 눈을 부릅떴다.

"만약 놈들의 주력이 강북무림 연합군을 노린다면 심각한 상황입니다."

소림사와 개방, 뒤늦게 합류한 산동세가가 주축이 되어 만들어진 강북무림 연합군은 빙마곡을 막기에도 버거운 상태였다. 그나마 신도세가와 이화검문의 지원으로 버티고는 있지만 무황성이 위기에 빠지자 신도세가의 주력과 이화검문의 연화단이 무황성을 지원하기 위해 이탈했다. 그런 상황에서 밑에서 치고 올라온 루외루의 주력이 빙마곡과 연합을 한다면 강북무림 연합군이 무너지는 것은 시간문제라 할 수 있었다.

"심각한 정도가 아니라 그야말로 최악이지. 막아낼 방법이 없어."

"지금이라도 신도세가와 이화검문의 병력을 돌려야 합니다. 그것만이 강북무림 연합군의 붕괴를 막을 수 있습니다."

동황이 벌떡 일어나자 제갈명이 힘없이 고개를 들며 말했다.

"막을 수 있다고 보나?"

"그, 그건."

동황이 머뭇거리자 제갈명이 씁쓸히 고개를 저었다.

"강남무림 연합군을 무너뜨리고 남궁세가마저 괴멸시켜 버린 자들이다. 우리를 속이기 위해 병력을 나누기는 했어도 저들의 힘은 막강해. 신도세가와 이화검문으로 감당할 수준이 아니야."

"하지만 이대로 포기할 수는 없지 않습니까? 강남무림이 무너진 상황에서 강북무림마저 와해가 되면 답이 없습니다. 저들의 기세를 도저히 감당키 힘듭니다."

"그러… 니까."

제갈명이 피가 나도록 입술을 깨물었다.

"놈들의 간계를 미리 눈치챘다면, 그래서 병력을 무황성이 아니라 강북무림 연합군 쪽으로 집중시켰다면 막아낼 가능성이 그나마 조금은 있었겠지. 하지만 무황성이 위험하다는 생각에 우리 모두의 눈이 멀고 말았다. 그저 무황성의 안위만을 지키기 위해 아등바등했던 것이야."

제갈명의 자책 어린 탄식에 동황은 아무런 말도 하지 못했다. 그의 말대로 무황성의 모든 정보력을 쏟아붓고도 루외루의 계략을 눈치채지 못했으니 변명의 여지가 없는 것이다.

"그래도 일단은 알려야겠지."

"회군하라 합니까?"

잠시 침묵하던 제갈명이 단호한 표정으로 말했다.

"아니, 그대로 귀환하라고."

"예?"

동황은 자신이 잘못 들은 것은 아닌가 하는 듯한 얼굴로 눈을 꿈뻑거렸다.

"어차피 돌아가도 쓸데없는 피해만 늘릴 뿐 상황을 되돌릴 수는 없다. 그럴 바에는 그들의 전력이라도 제대로 보전하는 것이 맞겠지. 더불어 강북무림 연합군에게도 이 사실을 알리고 잠시 퇴각을 하는 것이 좋겠다는 당부도. 이쪽으론 길이 없을 테니까 아마도 산동 쪽으로 움직여야겠지."

"명예에 죽고 사는 이들입니다. 받아들이겠습니까?"

"명예? 그따위 것을 따지기엔 무림의 상황이 너무 좋지 않아. 생각이 있다면 어떤 판단이 현 상황에서 무림을 위한 것인지 제대로 판단을 내리겠지. 결정은 오롯이 그들의 선택이겠고. 하니 최대한 빨리 루외루의 북상 소식을 알려."

"알겠습니다."

명을 받은 동황이 서둘러 방문을 나서자 제갈명도 사리에서 일어나더니 뒷짐을 지고 방 안을 이리저리 돌아다니기 시작했다. 깊은 생각에 잠겼을 때 나오는 그만의 버릇이었다.

대략 일각여의 시간이 흘렀을 즈음 걸음을 멈춘 제갈명이 더없이 무거운 표정으로 붓을 들었다.

*   *   *

싸움은 정확히 삼각여 만에 끝났다.

루외루의 병력들은 수적, 질적인 우위에 있었음에도 빙마곡의 공격을 감당하지 못했다. 정확히 표현해서 빙마곡 병력을 이끌고 있는 단우종, 사도참 등 산외산 고수들의 활약을 막지 못한 것이다.

무엇보다 루외루 측에서 가장 실력이 뛰어난 공손무와 이명이 단우 노야를 막지 못한 것이 컸다.

사실 막는다는 말이 무색할 정도로 두 사람은 일방적인 공격을 당한 뒤 목숨을 잃고 말았는데 그 과정에서 금검단원의 등에 실려 가다 정신을 차리고 전장으로 되돌아온 공손은마저 처참히 목숨을 잃고 말았다.

공손무 등이 목숨을 잃은 이후, 더 이상 단우 노야를 막을 사람은 존재하지 않았다.

추풍낙엽, 그저 아무렇게나 휘두르는 손짓에 의해 무수한 목숨이 허무하게 쓰러졌다. 게다가 루외루의 장로, 호법들과의 싸움을 승리로 이끈 산외산의 고수들마저 주위로 시선을 돌리게 되자 빙마곡 정예들을 맞아 압도적인 힘을 보여주던 루외루의 병력은 순식간에 괴멸하고 말았다.

"이렇게 보니 많긴 많다."

사도참이 주변에 널려 있는 시신들을 바라보며 미간을 찌푸렸다.

"신도세가 놈들하고 루외루 놈들의 병력만 삼백이 넘습니다. 게다가 빙마곡의 병신들까지 합쳐졌으니 당연히 많을 수밖에요."

송강이 동료들의 주검을 수습하는 빙마곡의 무인들을 보며 비웃음을 흘렸다.

빙마곡에선 나름 추리고 추린 정예라 했지만 그가 보기엔 형편없었다. 당장 루외루의 병력과 비교를 해봐도 차이가 분명했다.

"이대로 놔둬도 될지 모르겠습니다, 사형."

단우종의 말에 사도참이 고개를 돌려 물었다.

"무슨 뜻이야?"

"이렇게 많은 시신을 방치하면 틀림없이 문제가 생길 것 같아서 그럽니다. 전염병이 돌 수도 있고."

"가끔 느끼는 것이지만 사제는 상당히 감성적인 구석이 있어."

"제가요?"

"그래, 본인은 모르지만 분명히 감성적이야. 물론 이성적인 판단이 필요할 땐 더없이 이성적이지만."

단우종이 송강을 힐끗 바라봤다.

"그렇게 봐도 난 모릅니다. 하지만 지금은 저런 시체 따위를 논할 때가 아니라고 봅니다."

"그럼 뭘 논해야 하는데?"

사도참이 웃으며 물었다.

무겁게 변한 송강의 시선이 조금 한가로이 떨어진 곳에서 운기조식에 여념이 없는 단우 노야에게 향했다.

단우종과 사도참의 표정이 동시에 굳었다.

"무슨 뜻이야?"

정색하는 사도참을 보며 잠시 머뭇거리던 송강이 입술

을 꽉 깨물며 말했다.

"과거의 노야는 범접할 수 없는 위엄을 지닌 분이셨습니다. 늘 부드러운 웃음을 보이셨고 때론 농담으로 우리들을 대하셨지만 가히 태산을 바라보는 것처럼 우리들 마음에 거대한 그림자를 드리우셨지요. 그런데……"

"그런데?"

사도참의 눈꼬리가 매섭게 치켜 올라갔다.

안 했으면 모를까 이왕 시작했으니 제대로 해야겠다고 판단한 송강은 내심에 담긴 말을 화끈하게 질러 버렸다.

"두렵습니다. 존경과 동경에서 우러러 나오는 두려움이 아니라 말 그대로 두려움과 공포입니다."

"무엇… 때문이냐?"

사도참이 물었다. 사실 질문의 답은 알고 있었다. 그래도 묻지 않을 수 없었다.

"수호령주에게 패배하시고 폐인이 되신 노야께선 천마수의 힘을 이용해 부활을 하셨습니다. 처음엔 천마수의 마기에 사로잡히셨다는 소문에 걱정을 했습니다만 크게 걱정할 것은 아니라 여겼습니다. 루외루의 고수들을 압살하시는 모습을 보니 과거의 무공도 어느 정도는 되찾으신 듯합니다. 하지만 완벽하게 과거의 노야의 모습으로 돌아오시진 못한 것 같습니다."

송강의 음성이 절로 커졌다.

"노야는 분명 과거의 노야가 아닙니다. 적들의 심장을 움켜쥐고 피와 진기를 흡수하실 때만 해도 아직 정상적인 몸을 회복하시지 못해서 어쩔 수 없는 것이라 여겼습니다. 더불어 주인으로 하여금 피를 갈구하는 천마수의 영향도 어느 정도는 받고 계신다는 판단을 했습니다. 그래도 노야를 믿었습니다. 부상만 회복하시면 천마수의 마기 따위는 얼마든지 극복하시리라 말이지요. 하지만 오늘 본 광경은……."

송강은 차마 말을 잇지 못했다.

사도참과 단우종 또한 조금 전 보았던, 정혈을 갈취하는 것으로도 부족해 펄떡펄떡 뛰는 공손은의 심장을 씹어 먹던 단우 노야의 끔찍한 모습을 떠올리며 인상을 썼다.

세 사람이 약속이라도 한 듯 단우 노야를 향해 고개를 돌렸다. 바로 그때, 단우 노야의 운기조식이 끝났다.

"일단 입은 다물고 있어."

사도참은 행여나 송강이 단우 노야에게 무례를 저지를까 걱정하여 단속을 했다. 과거엔 몰라도 지금의 단우 노야라면 몇 마디의 말실수가 어떤 결과를 초래할지 전혀 예측할 수가 없었기 때문이었다.

"나도 그만한 눈치는 있습니다."

송강이 쓴웃음을 지으며 고개를 끄덕였다.

"몸은 괜찮으십니까?"

단우 노야의 곁으로 달려간 단우종이 조심스레 물었다.

"노부가 부상이라도 당했더냐?"

단우 노야가 차갑게 되물었다.

"그게 아니라……."

단우종은 어째서 공손은의 심장을 씹어 먹었냐고 묻고 싶었지만 억지로 삼키고 말았다.

"몇 놈이나 살아남았느냐?"

단우종은 단우 노야가 묻는 대상이 빙마곡의 병력임을 깨닫고 얼른 대답했다.

"이십 정도 되는 것 같습니다."

"더 이상 필요 없을 듯싶으니 돌려보내거라."

"돌려보내라 하심은 할아버님께선 돌아가시지 않는 것입니까?"

"놈을 만날 생각이다."

"놈이라 하시면……."

"수호령주."

서쪽 하늘을 응시하는 단우 노야의 눈빛에서 혈광이 솟구쳤다.

"놈을 만날 때가 되었다."

*　　　　*　　　　*

"후우우."

나직히 숨을 내뱉으며 운기조식을 끝낸 진유검이 지그시 감았던 눈을 떴다. 일순 쏟아져 들어오는 아침 햇살에 눈을 살짝 찡그리기는 했지만 아침의 맑은 공기와 따뜻한 햇살은 그 자체로 좋았다.

운기조식이 끝나기를 기다렸다는 듯 방문이 열리고 어조인이 들어섰다.

"령주님."

어조인의 표정이 과히 좋지 않음을 확인한 진유검이 미간을 좁히며 물었다.

"무슨 일이야?"

"군사께서 보내신 겁니다."

어조인이 서찰을 건넸다.

"군사께서?"

진유검의 표정이 굳어졌다. 이른 아침부터 날아든 서찰을 보자니 왠지 불길한 예감이 들었다.

예감은 어김없이 들어맞았다.

"제대로 당했네."

진유검이 허탈하게 웃으며 고개를 젓더니 힘없이 말했다.

"다들 모이라고 전해."

어조인이 황급히 나간 뒤, 전풍을 필두로 임소한과 여우희, 곽종이 안으로 들어섰다.

"새벽부터 뭔 일인데요."

전풍이 하품을 해대며 투덜거렸다.

"해가 중천이다. 새벽은."

매섭게 눈을 뜨며 쏘아붙인 진유검이 일행이 자리에 앉자 대뜸 한숨부터 내쉬었다.

"무슨 일이기에 한숨이십니까?"

임소한이 물었다.

"군사께서 새로운 소식을 보내오셨습니다."

"무황성의 상황이 좋지 못한 모양이군요."

지레짐작을 한 임소한의 말에 이어 여우희가 입을 열었다.

"사방으로 주력이 빠진 상황에서 갑자기 들이친 셈이니 버겁기도 하겠지요. 지원군도 제대로 모이지 않는다고 들었어요. 이럴 때 천마신교가 힘을 써줘야 하는데 야수궁 놈들이 버티고 있어서 그마저도 쉽지 않고요."

여우희의 말이 끝나기도 전 어조인이 당황한 얼굴로 서

찰 한 장을 더 꺼내 들었다.

"아, 조금 전 천마신교에서도 전서구가 왔습니다."

"쯧쯧, 명색이 천목의 정보원이란 사람이 칠칠치 못하게."

혀를 찬 전풍이 심드렁한 목소리로 물었다.

"뭐라고 적혀 있소? 독고 형님이 야수궁 놈들 때문에 고생깨나 한다고 하던데."

"박살 냈다고 합니다."

"그래, 박……."

흠칫 놀란 전풍이 침을 꿀꺽 삼키며 다시 물었다.

"지금 뭐라 그랬소? 박… 살이라고 했소?"

"예, 사실상 궤멸시켰다는군요."

"야수궁주는?"

곽종이 얼른 물었다.

"궁주는 물론이고 모든 수뇌부가 몰살당했다고 합니다."

어조인이 괜히 뿌듯한 표정을 지으며 말했다.

"천마신교 덕분에 한숨 돌리게 되었네요. 천마신교가 뒤를 지키던 야수궁을 쓸어버렸으니 루외루 놈들도 한쪽으로만 병력을 집중시키지 못할 테고요."

여우희의 밝은 표정과는 반대로 천마신교의 승리에 잠

시 미소를 띠던 진유검의 얼굴이 다시 심각해졌다. 애당초 제갈명이 전해온 소식은 천마신교의 승리와는 별 상관이 없는 내용이기 때문이었다.

"천마신교가 야수궁을 무너뜨린 것은 반길 만한 소식이긴 하나 상황이 그리 좋은 것 같지는 않습니다."

"무황성의 상황이 그렇게 심각합니까? 오후쯤이면 먼저 떠난 사공세가의 고수들도 무황성에 도착할 텐데요. 빙마곡을 막고 있던 천무진천 선배와 신도세가의 병력도 무황성으로 오고 있다고 들었는데 아닌가?"

임소한이 어조인에게 물었다. 어조인은 쓰게 웃으며 고개를 끄덕였다.

"예, 지원군이 무황성으로 향하고 있습니다. 바로 그게 문제이긴 합니다만."

어조인의 말에 임소한의 굵은 눈썹이 꿈틀거렸다. 뭔가 의미심장한 뜻이 숨어 있는 것 같은데 이해가 되지 않았다. 시선이 자연스레 진유검에게 향했다.

"강남무림 연합군을 쓸어버리고 남궁세가마저 초토화시킨 루외루의 병력이 무황성으로 향하지 않았다는군요."

"예? 그게 무슨……."

"말 그대로입니다. 루외루는 무황성을 노리지 않았습니다."

"경천검혼 갈천상이 이끄는 병력이 무황성의 코앞까지 들이치고 있다고 들었습니다."

"그저 눈속임일 뿐이었습니다. 주력은 이미 다른 곳으로 이동 중이었다는군요."

"그, 그곳이 어딥니까?"

임소한이 숨넘어갈 것 같은 표정을 지으며 물었다. 한데 대답은 엉뚱한 곳에서 터져 나왔다.

"다른 곳으로 갔다면 뻔하네. 소림사와 개방의 잔당들이 모여 만들었다는 거 뭐더라 아, 강북무림 연합군인가 뭔가 하는 자들을 치러 갔겠지."

전풍의 말에 다들 황망한 눈으로 전풍을 바라보았다.

"어떻게 알았냐?"

누구보다 놀란 진유검이 입을 쩍 벌리며 물었다.

"바봅니까? 무황성을 치러 간다고 그렇게 선전을 하면서 병력을 집중시키고 딴 곳으로 이동을 했다면 천마신교 아니면 당연히 강북무림 연합군이지. 천마신교가 야수궁을 쓸어버렸다고 하니까 당연히 아닐 것이고 하면 남은 곳은 강북무림 연합군뿐. 그나저나 일 났네요. 그렇잖아도 빙마곡 때문에 죽는다고 난린데 루외루까지. 신도세가까지 철수했으니 버틸 재간이 없겠네."

"이 친구 말대로입니까?"

임소한이 설마 하는 얼굴로 물었다.

"예, 정확합니다. 일부의 병력으로 무황성의 눈을 속이고 주력은 강북무림 연합군을 치기 위해 이동했다고 합니다. 어쩌면 이미 도착을 했을지도 모르겠군요."

"루외루와 빙마곡의 합공이라면 강북무림 연합군은 버티지 못할 겁니다. 큰일이군요. 강남에 이어 그쪽마저 무너진다면……."

사천무림이 건재하고 낭인천을 막고 있는 서북쪽도 선전을 하고 있었으나 중원무림의 핵심이라 할 수 있는 강남과 강북무림 양축이 무너진다는 것은 그야말로 치명적인 결과였다. 그나마 위안이라면 천마신교가 야수궁을 무너뜨려 주었다는 정도였다.

"상황이 이 지경이 되도록 무황성에선 대체 뭘 하고 있었던 거야?"

곽종이 어조인에게 신경질적으로 물었다.

적의 동향을 살피는 것이야말로 천목의 가장 중요한 임무. 어조인은 비록 전혀 다른 곳에서 활약을 하고 있었지만 천목의 요원으로 입이 열 개라도 할 말이 없다는 듯 그저 고개를 숙일 뿐이었다.

"지금이라도 지원군을 보내면… 역시 늦겠지요?"

여우희가 허탈히 웃으며 고개를 흔들었다.

"상황을 돌리기엔 너무 늦었습니다. 대신 군사께서 다른 방법으로 지금의 상황을 타개하려고 하십니다."

"다른 방법이라면… 어떤?"

여우희의 입에서 약간은 불신에 찬 반문이 흘러나왔다.

"강북무림을 잃은 대신 우린 낭인천을 칠 겁니다."

"아!"

진유검의 대답에 여우희 입에서 탄성이 터져 나왔다.

"하면 군사께서 서찰을 보내신 것이⋯⋯."

"예, 무황성이 아니라 낭인천을 막고 있는 무당과 화산을 지원해 달라는 요청이었습니다. 참고로 회군하던 사공세가에게도 같은 요청을 하셨다는군요."

"살을 내주었으니 뼈를 취하겠다는 계략이군요."

곽종의 말에 임소한이 고개를 저었다.

"아니, 뼈를 내주게 되었으니 살이라도 취하겠다는 말이 맞겠지."

임소한이 쓰게 웃었다.

"어쨌든 지금으로선 이것이 최선의 방법인 것 같습니다."

진유검이 의자에서 벌떡 일어났다.

"군사님의 요청을 받아들여 바로 북상할 생각입니다. 목표는 낭인천입니다."

진유검의 결정에 모두가 고개를 숙여 예를 표했다.

*　　　　*　　　　*

"그러니까 군사의 말은 강북무림을 버리고 낭인천이나 공격하잔 말이오?"

소림사의 혜연 대사가 제갈명을 향해 날카로운 어조로 추궁했다. 그러자 무황성의 장로 화조온이 제갈명을 두둔하고 나섰다.

"어허! 대사는 말뜻을 왜곡하지 마시오. 낭인천이나가 아니라 낭인천이라도 공략하자는 것이오."

"간밤에 군사가 작금에 닥친 상황에 대해 자세히 설명하는 전서구를 띄웠다고 들었소이다. 일단 놈들이 합공을 하기 전에 물러나기만 하면 무사히 전력을 보전할 수 있을 것이라 보오만."

희천세의 말에 혜연 대사는 두 눈을 부릅떴다.

"소림이 봉문이라는 치욕을 감내하면서 제자들을 산문 밖으로 내보낸 것은 적들에게 꽁무니를 보이기 위함이 아니외다."

혜연 대사의 강경한 어조에 불쾌해진 희천세가 뭐라 얘기를 꺼내려 할 때 제갈명이 그를 제지하고 나섰다.

"하면 여쭙겠습니다. 대사께선 지금 이 상황을 헤쳐 나갈 방법이 있으십니까?"

"그, 그건……."

혜연 대사가 머뭇거리자 제갈명의 안색이 다소 싸늘해졌다.

"반대를 하시는 것은 충분히 이해가 갑니다만 반대를 하시려면 그에 대한 대안이 있어야 하는 법입니다."

발끈한 혜연 대사가 언성을 높였다.

"회군하는 신도세가와 이화검문의 병력을 돌리는 것이 우선일 것이네. 더불어 산동을 비롯한 인근 지역의 군웅들에게 지원을 요청하는 것도 한 방법일 테고. 그런 식으로 시간을 버는 것과 동시에 이곳에 모여 있는 병력을 움직인다면 능히 막아낼 수 있다고 보네만."

"대사님의 말씀대로 이뤄지기만 하면 충분히 가능성이 있습니다. 하지만 대사님 말씀에는 가장 중요한 것이 빠져 있습니다."

"그게 무엇인가?"

"루외루의 병력이 이미 전장에 거의 도착했다는 겁니다. 지금 당장 신도세가나 이화검문을 돌려보낸다고 하더라도 루외루는 그들보다 먼저 전장에 도착할 것이고 빙마곡과 양쪽에서 합공을 한다면 버티지 못합니다. 설사 버틴다고 해도 신도세가와 이화검문의 지원만으로는 루외루와 빙마곡의 합공을 감당하지 못합니다."

"다른 문파들의 지원도……."

"너무 늦습니다. 얼마나 많은 문파, 세가들이 돕기 위해 움직일지 모르겠지만 그들이 도착하기 전 싸움은 이미 끝이 났을 겁니다."

"……."

뭐라 반박을 하고 싶었지만 딱히 반박할 말을 찾지 못한 혜연 대사는 결국 거친 숨을 내뱉으며 입을 다물고 말았다.

"빙마곡과 루외루의 연합 공격으로 전선이 뚫리는 것은 기정사실이 되었으며 이는 곧 강남에 이어 강북까지 놈들 수중에 떨어지게 되는 것을 의미합니다. 다행히 강남에선 천마신교가 야수궁을 무너뜨리면서 숨통이 트였습니다. 강북무림 연합군도 지금은 굴욕적인 모습일지 모르나 잠시 물러나 전열을 가다듬는다면 천마신교와 마찬가지로 언제든지 놈들의 숨통을 조일 수 있는 역할을 할 수 있다고 봅니다. 더불어 그 존재만으로 놈들로 하여금 함부로 무황성을 도모하지 못하게 함으로써 우리가 낭인천에 전력을 집중할 시간도 벌어줄 수 있을 것입니다."

"무당파와 화산파가 저리 고생을 하는 것을 보면 낭인천의 전력도 만만치는 않은 것 같은데 무황성으로 복귀하는 수호령주와 본가의 지원군을 그쪽으로 돌린다고 쉽게 싸움이 끝날까? 게다가 암암리에 활동하고 있는 산외산의 고수들이 낭인천으로 움직인다면 생각보다 어려운 싸움이 될 수도 있음일세."

사공추가 조금은 걱정스러운 음성으로 말했다.

"마불사를 쓰러뜨린 두 주역이 움직이는 것이니 믿어봐야지요."

"그렇긴 하네만⋯⋯."

수호령주와 사공세가의 힘을 절대적으로 믿고는 있었지만 사공추의 안색은 그리 밝지 않았다.

"참고로 이곳에 머물고 계시던 세 분의 천강십이좌께서도 수호령주와 합류하기 위해 떠나셨습니다."

"그랬었군. 어쩐지 모습이 보이지 않더라니. 하긴 천강십이좌가 수호령주를 따라 움직이는 것은 어쩌면 당연⋯⋯."

사공추의 말은 이어지지 못했다.

부군사 동황이 하얗게 질린 얼굴로 회의실 문을 박차고 들어온 것이다.

그의 안색에 드러난 충격과 공포, 경악을 느낀 제갈명이 황급히 물었다.

"무슨 일이냐?"

"무, 무황성으로 향하던 시, 신도세가와 이화검문이……."

동황의 말이 끝나기도 전 제갈명의 몸이 휘청거렸다. 동황이 회의실에 뛰어들 때의 표정으로 그가 무슨 말을 하려는 것인지 이미 짐작한 까닭이었다.

동황의 부축으로 겨우 중심을 바로 세운 제갈명이 힘없이 중얼거렸다.

"그들부터 노린 것인가?"

＊　　　＊　　　＊

분위기는 그야말로 최악이었다.

루외루의 병력이 전멸을 하고 공손은이 목숨을 잃었다는 소식에 공손예는 넋이 나간 듯한 표정으로 앉아 있었고 새벽녘에 엉망이 된 모습으로 돌아온 공손민 역시 퉁퉁 부은 눈으로 멍하니 하늘만 바라보고 있었다.

마주 앉아 있는 갈천상과 흑수파파의 분위기 또한 이들과 다르지 않았지만 그들은 조용히 술잔을 기울이며 정신까지 혼미하게 만들었던 충격과 슬픔을 묵묵히 참아내고 있었다.

"지금쯤이면 아버지도 언니 소식을 들었겠지?"

공손민이 멍한 표정 그대로 물었다.

"아마도."

공손예의 음성에도 영혼이 나가 있었다.

"많이 아프시겠다. 큰언니를 잃은 지 얼마 되지 않아서 둘째 언니까지."

"그러니까."

그 대답을 끝으로 두 사람이 다시 입을 열기까지는 꽤나 오랜 시간이 걸렸다.

"그런데 할아버지."

공손민이 쓸쓸히 잔을 채우고 있는 갈천상을 불렀다.

갈천상이 그녀를 향해 고개를 돌렸다.

"이제 어찌해야 되는 거지?"

"뭐가 말이냐?"

"무황성에서도 우리의 목표가 그들이 아니었다는 것을 알았을 것 아니야."

"그렇겠지."

"가만있을까?"

"글쎄다. 지금쯤이면 뭔가 움직임은 있을 것 같은데 확신을 하진 못하겠구나."

"어째서? 내가 무황성의 수장이라면 당장 병력을 몰고 와 공격을 했을 텐데. 인근에 천마신교까지 있으니 공격하기가 더욱 쉬울 테고."

공손민은 이해가 가지 않는다는 얼굴이었다.

"신도세가와 이화검문만 당한 것은 아니니까. 동맹을 맺은 것으로 알려진 산외산과 루외루가 충돌을 했고 한쪽이 막대한 피해를 당했다는 것을 확인했을 테니 저들도 이게 무슨 상황인지 무척이나 혼란스럽게 여기고 있을 게다. 이제는 누가 적이고 아군인지 판단조차 힘들 것이야. 그런 상황에서 괜히 병력을 움직였다간 또 다른 적에게 어부지리를 줄 수 있다고 여길 것이고."

"그렇다고 해도 이곳에 머물 수는 없습니다."

공손예가 대화에 끼어들었다.

여전히 슬픔에 잠긴 음성이긴 했지만 조금 전처럼 넋이 나가 있지는 않았다.

"무황성 수뇌들의 판단은 가늠할 수 없으나 직접적으로 피해를 당한 신도세가와 이화검문이 어찌 나올지 예측하기가 힘듭니다. 특히 천무진천을 잃은 신도세가는 어떻게든지 복수를 하려 할 겁니다."

"일리가 있는 말이다. 신도세가가 나선다면 무황성도 침묵만을 지키고 있을 수는 없을 테니 꽤나 곤란해지겠구나."

갈천상의 표정이 살짝 굳었다.

"천마신교가 인근에 있다는 것을 감안하면 곤란한 정도가 아니라 절대적인 위기라 해도 과언은 아니지요. 숫자는 줄었지만 천마신교의 힘은 과거에 비할 바가 아닙니다. 내 말이 맞지?"

공손예가 공손민에게 물었다.

독고무와 직접적인 대결을 펼쳤고 그가 얼마나 뛰어난 고수인지 뼈저리게 느낀 공손민은 무겁게 고개를 끄덕였다.

"천마신교가 강한 것은 모르겠어. 하지만 독고무는 정말 강했어. 지금껏 만나본 그 누구보다도. 만약 그가 마음만 먹었다면 난 그곳에서 죽었을 거야."

자신에게 전포를 던져 주고 사라진 독고무. 그의 모습을 떠올리는 공손민은 천방지축처럼 날뛰던 평소의 모습과는 달리 더없이 차분했다.

그런 공손민의 모습을 보며 공손예는 그녀가 살아 돌아온 것을 하늘에 감사하는 한편 괜시리 화가 났다.

"그러니까 제발 함부로 날뛰지 말라고. 그런 운이 계속 찾아오는 것은 아니니까."

"……."

공손예의 당부에도 공손민은 순순히 고개를 끄덕이지 않았다.

공손예가 뭐라 다그치려는 찰나 갈천상이 그녀를 말리며 물었다.

"그 얘기는 나중에 하도록 하고, 어찌했으면 좋겠느냐?"

"최대한 빨리 이곳을 떠나야 한다고 봅니다."

공손예가 단호히 말했다.

"음."

잠시 생각에 잠겼던 갈천상이 크게 고개를 끄덕였다.

"그래, 아무래도 그것이 좋겠다. 거기 있느냐?"

말과 함께 동검단 부단주 섬독의 음성이 들려왔다.

"예, 원로님."

"번강에게 지금 당장 떠날 준비를 하라 전해라. 아울러 우리도 움직일 준비를 하고."

"알겠습니다."

섬독이 물러나자 갈천상이 문득 생각났다는 듯 공손민을 돌아보았다.

"그런데 천마신교의 교주 말이다. 노부와 비교해선 어떻더냐?"

*　　　*　　　*

공손무를 필두로 한 십여 명이 넘는 원로와 장로, 호법들은 물론이고 최정예라 할 수 있는 금검단의 전멸. 거기에 공손은까지 목숨을 잃었다는 소식은 달콤한 승리의 열매를 기다리고 있던 이들에겐 그야말로 청천벽력이나 다름없었다.

이른 아침부터 회의실에 모인 루외루의 수뇌들은 자신들이 접한 충격적인 소식에 아무런 말도 할 수가 없었다.

혼란스러운 정신을 수습한 공손규가 보고를 마치고 침통한 표정을 짓고 있던 비상단주 환종에게 물었다.

"모… 든 것이 사실이냐?"

"그렇… 습니다."

"생존자가 고작 다섯 명이라. 허허허!"

공손규의 허탈한 웃음이 회의실에 울려 퍼졌다.

웃음은 이내 온갖 분노와 회한이 가득한 포효로 변했다.

"어찌 이런 일이 일어날 수 있단 말인가!"

공손규의 노한 외침이 회의실을 뒤흔들었다.

평소 공손후의 체면 때문이라도 가급적 높은 언성을 자제했던 그였지만 핏줄과 평생의 친우들을 잃은 그의 분노는 상상을 초월할 정도였다.

"진정하시지요, 형님. 흥분한다고 일이 해결되는 것은 아닙니다."

장로 공손과가 공손규의 팔소매를 잡았다.

"진정? 지금 진정하게 되었는가? 무가 죽었고 은아마저 목숨을 잃었다. 평생을 함께한 친우들이 죽었어."

"형님뿐만 아니라 여기 있는 모두에게도 혈육이고 친우들입니다. 하지만 이렇게 흥분한다고 해서 뭐가 달라지겠습니까? 상황을 냉정하게 파악하고 준비를 해야 복수도 할 수 있을 것입니다."

공손규는 복수라는 말에 그제야 약간은 누그러진 기운으로 공손과를 바라보다 자리에 앉았다. 그가 자리에 앉자 모두의 시선이 지금껏 침묵하고 있는 공손후에게 향했다.

공손유에 이어 공손은까지 잃은 공손후의 슬픔과 분노는 그 누구와도 비할 바가 아니었으나 그는 분노를 폭발시키는 대신 마음속으로 갈무리하고 차분히 상황을 직시하고 있었다.

최초 보고를 받고 피눈물을 흘리며 가슴을 쥐어짜던 공손후의 모습을 바로 곁에서 지켜봤던 환종은 불안한 눈빛으로 공손후를 살폈다.

"어찌 대처할 생각이오, 루주?"

공손과가 물었다.

공손후는 곧바로 대답하지 않았다.

공손과는 물론이고 다른 누구도 그에게 대답을 채근하지 않았다.

한참의 시간이 흐르고 굳게 닫혔던 공손후의 입이 열렸다.

"환종."

"예, 루주님."

"퇴각하란 전서구는 띄웠나?"

"전서구는 이미 도착했을 것입니다. 또한 퇴각을 돕기 위한 지원군도 출발을 했습니다."

가볍게 고개를 끄덕인 공손후가 자신의 말을 기다리는 루외루의 수뇌들을 가만히 바라보았다.

언제부터인지 빈자리가 많았다.

잠시 자리를 비운 사람도 있었지만 다시는 돌아오지 못할 곳으로 간 사람들이 태반이었다.

심호흡을 한 공손후가 애써 담담한 음성으로 입을 열었다.

"무림제패는 불가능한 꿈이 되고 말았습니다."

잠시 술렁임이 있었지만 큰 혼란이나 반발은 없었다. 연이은 피해로 인해 이미 그 정도의 역량이 없음을 느끼고 있었기 때문이다. 특히 이번의 피해가 치명타였다.

"사방이 적입니다. 무황성과 천마신교, 산외산, 단… 우노야와 그를 지지하는 세력까지. 이제는 생존을 걱정해야 할 때라고 봅니다. 단, 그 전에 복수는 제대로 해야겠지요."

단우 노야를 언급할 때 공손후의 눈빛이 얼마나 섬뜩했는지 회의실이 차갑게 얼어붙을 정도였다.

"산외산과의 동맹은 어찌 되는 것입니까?"

장로 유운곤이 물었다.

"더 이상의 동맹은 없습니다."

공손후가 딱 잘라 말했다.

"하지만 이번에 우리를 공격한 자는 단우 노야와 그들의 추종자들입니다. 지금 상황에서 굳이 산외산과 반목할 필요는 없다고 봅니다만."

"무슨 망발인가? 같은 뿌리일세. 어쩌면 놈들이 지금껏 우리를 기만하고 있는 것일 수도 있어."

공손규가 불같이 화를 냈다.

그를 진정시킨 공손후가 입을 열었다.

"산외산에서 내분이 일어난 것은 틀림없는 것으로 보입니다만 더 이상 동맹의 관계를 유지할 수는 없을 것 같습니다. 일전에 만났던 산외산 산주의 말에 의하면 세외사패는 확실하게 자신의 영향력 아래에 있다고 했습니다. 하나 결과적으로 그 말은 거짓이 되었습니다. 마불사에선 반란이 일어났고 빙마곡은 산외산주가 아니라 단우 노야의 수중에 있었습니다. 이는 곧 산외산 내부의 상황이 산외산주마저 피아를 확실히 구별할 수 없을 정도로 얽혀 있다는 것을 의미합니다. 이런 상황에서 어떻게 동맹을 이어갈 수 있겠습니까? 그렇다고 당장 적대시할 생각도 없습니다. 가장 먼저 처리해야 할 적은 따로 있으니까요."

"단우 노야를 칠 생각인가?"

공손과가 물었다.

"그러고 싶지만 그의 행방을 파악하기가 쉽지 않을 것 같습니다. 해서 일단은 수족이라도 끊어버릴 생각입니다."

"빙마곡?"

"예, 이번 일로 빙마곡이 산외산이 아니라 단우 노야의 수족임이 확인되었으니 그냥 놔둘 수는 없을 것 같습니다."

"잘 생각했네. 암, 당연히 그래야지. 노부가 앞장설 것이야"

공손규가 살광을 폭사하며 소리쳤다.

그때, 열심히 눈동자를 굴리고 있던 공손창이 말했다.

"서두를 것이 아니라 차분히 기다리며 어부지리를 노리는 것은 어떤가?"

공손창의 말에 다들 노골적으로 불쾌한 표정을 지었다.

"어부지리라면 빙마곡과 지금 그들과 대치 중인 강북무림 연합이 상잔하기를 기다리자는 말입니까?"

공손후가 물었다.

"그렇네. 우리의 피해를 최소한으로 하며……."

"제겐!"

공손후가 공손창의 말을 잘랐다.

"그때까지 기다릴 인내심이 없습니다. 또한 복수를 미루고 싶은 마음도 없습니다."

차갑기 그지없는 반응이었으나 공손창은 아랑곳하지 않고 말이 이었다.

"하면 무황성과 연합을 하는 것은 어떤가?"

공손후가 미간을 찌푸렸다.

"루주 말대로 이제 생존의 문제일세. 그리고 생존과 직결되는 것은 작금의 혼란이 끝날 때까지 얼마만큼의 힘을 유지할 수 있느냐는 것이지. 빙마곡은 결코 만만한 상대가 아닐세. 물론 우리의 상대가 될 수 없다고 믿고는 있지만 단독으로 상대하는 것보다 무황성과 함께 놈들을 공격한다면 우리가 입을 피해를 최소한으로 줄일 수 있네. 무엇보다 지금 빙마곡과 싸우고 있는 자들은 무황성일세. 우리가 빙마곡을 치고자 하는 순간 무황성과는 어떻게든지 얽히게 되어 있다네."

"형님의 말에 일리가 있는 것 같습니다."

공손과가 공손창의 말에 지지를 표했다.

"너무 우리 쪽에 맞춰 생각을 하는 건 아닌지 모르겠군요. 잊으셨습니까? 강남무림 연합군과 남궁세가가 우리에게 초토화된 지 며칠도 지나지 않았습니다. 무황성은 세외사패 이상으로 우리를 증오하고 있을 것입니다. 그런 무황성에 손을 내민다고 그들이 쉽게 잡을 리도 없거니와 설사 잡는다고 하더라도 언제 뒤통수를 맞을지 알 수가 없는 노릇입니다."

유운곤의 말에 다들 고개를 끄덕였다.

따지고 보면 무황성과 가장 많이 충돌한 곳이 바로 루외루였다. 이제 와서 동맹 운운하는 것도 웃기는 일이었다.

"너무 어렵게 생각할 필요는 없네. 굳이 동맹이 아니라고 해도 우리가 빙마곡을 공격하겠다는 의사를 전달하고 협공을 제의한다면 무황성 놈들도 바보가 아닌 이상 우리의 의도를 모르지 않을 것이네. 저들은 지금도 빙마곡과 치열한 접전을 펼치고 있지 않나. 우린 그저 여기에 한 손 거들면 되는 것이야. 무황성과 공격의 궤를 같이할 필요없이 우리 나름의 공격을 하면 되는 것이지. 기분이야 나쁘겠지만 무작정 우리를 적대시하지는 않을 것이라 보네. 말하자면 암묵적인 동맹이라고나 할까. 말 그대로 한시적인."

대륙상회를 중원제일의 거상으로 키운 공손창답게 그의

의견은 상당한 설득력이 있었다.

공손규가 고개를 끄덕였다.

공손규뿐만 아니라 공손창과 각을 세우던 유운곤마저 동의를 표하자 한참을 고심하던 공손후는 결국 무황성에 손을 내밀기로 결정했다.

무황성과 협상할 사자로서는 놀랍게도 공손예가 선택되었다.

81장

예상치 못한 만남

강북무림 연합군의 수뇌부들이 후퇴는 없을 것이며 죽음을 각오하고 싸울 것이란 결의를 담은 전서구가 도착한 무황성의 분위기는 꽤나 침울했다.

루외루와 빙마곡의 합공이 예상됐던, 암울했던 처음의 상황과는 달리 루외루의 병력이 몰살을 당했다는 반가운(?) 소식이 전해졌지만 단우 노야라는 괴물의 존재로 인해 상황이 크게 나아졌다고도 할 수 없었다.

강북무림 연합군의 수뇌들은 충분히 승산이 있다고 보고 정면대결을 결정했다. 가능성 없는 싸움보다는 훗날을 기약하고 잠시 물러나기를 바랐던 제갈명과 무황성의 수 뇌들은 저마다 침통한 표정을 짓고 있었고 혜연 대사를 비롯한 일부의 사람들은 루외루가 합공을 하지 않은 이상 강북무림 연합군의 힘만으로도 어느 정도는 버틸 수 있으니 하루라도 빨리 지원군을 보내야 한다고 목청을 높였다.

그 일부의 사람들 중 천무진천 신도충을 잃고 분노에 사로잡힌 신도세가 가주 신도장이 있었다. 의외인 것은 함께 피해를 본 이화검문의 문주 문회는 함부로 병력을 움직이는 것을 주저하고 있다는 것이었다.

문회는 빙마곡과 루외루의 합공 가능성이 사라졌다고는 해도 단우 노야라는 괴물이 존재하는 한 지원군을 보내봤자 승리를 거둘 가능성이 높지 않고 공연히 아까운 목숨만 버릴 것이라는 제갈명의 말이 옳다고 여기고 빙마곡보다는 낭인천에 힘을 집중시키는 것이 낫다는 의견에 힘을 보탰다.

제법 오랜 시간이 흘렀음에도 격렬한 토론은 끝이 보이지 않았다.

"아무튼 본가는 이미 모든 준비를 끝냈소이다. 노부가 직접 병력을 이끌고 떠날 것이오."

계속된 회의에 지쳤는지 신도장의 더 이상 논의할 것도 없다는 식의 선언에 모두의 표정이 굳었다.

"어허! 그렇게 감정적으로 처리할 일은 아니라고 몇 번이나 말씀드리지 않았소."

희천세가 말리고 나섰지만 신도장은 아랑곳하지 않았다.

"분명히 말씀드렸소이다. 신도세가는 강북무림을 돕기 위해 떠날 것이외다."

신도장의 말에 혜연 대사가 감격에 찬 음성으로 말했다.

"고맙소이다, 가주. 소림은, 강북무림은 가주께서 보여 주신 오늘의 의기를 결코 잊지 않을 것이외다."

혜연 대사는 신도장이 그의 말처럼 강북무림을 위한다기보다는 개인적인 원한을 풀기 위함임을 모르지 않았지만 어쨌든 신도세가가 움직인다는 것 자체가 고마운 일이기에 연신 허리를 숙였다.

신도장의 선언에 이어 몇몇 수뇌들마저 동조를 하고 나서자 제갈명의 입에서 안타까운 탄식이 터져 나왔다.

'무황의 부재가 결국…….'

무황성 내에서 사대세가, 특히 천무진천을 배출한 신도세가의 발언권은 누구보다 강했다. 그렇다고 해도 무황의 권위에 도전할 정도는 아니었다. 만약 무황이 살아 있었다면 이렇듯 독단적인 결정을 내릴 수는 없을 터였다.

임시 성주 희천세 정도의 권위로는 지금처럼 극도로 예

민해진 신도장을 제어할 수 없었다. 그나마 사공세가의 가주 사공추가 나선다면 어느 정도 자제를 시킬 가능성이 있었겠지만 어찌 된 일인지 사공추는 침묵으로 일관하고 있었다. 아마도 무황 후계자의 암살과 관련하여 신도세가에 품고 있던 유감이 은연중 작용하고 있는 듯싶었다.

바로 그때, 부군사 동황이 조용히 다가왔다.

"무슨 일인가?"

"보셔야 할 것이 있습니다."

동황이 방금 올라온 서찰 하나를 건넸다.

제갈명이 의아한 표정을 지으며 서찰을 집어 들었다.

빠르게 서찰을 읽는 제갈명의 얼굴에 온갖 표정이 나타났다 사라졌다.

동황이 등장했을 때부터 두 사람을 지켜보고 있던 사공추가 제갈명의 변화를 감지하곤 넌지시 물었다.

"안 좋은 소식인가?"

"그건… 아닙니다. 하지만 좋다고 하기도 애매해서."

"무슨 소식이기에 그런 것인가?"

희천세도 관심을 보였다.

제갈명이 벌떡 일어났다. 갑작스러운 행동에 회의실의 모든 시선이 그에게 쏠렸다.

"루외루에서 전령이 왔습니다."

제갈명의 말에 신도장의 눈썹이 하늘로 치솟았다.

"전령이라니! 제 놈들이 감히 여기가 어디라고 전령이란 말인가!"

"진정하시오, 가주. 놈들이 무슨 생각으로 전령을 보냈는지는 들어야 하지 않겠소."

사공추가 신도장을 제어하고 나섰다.

"들어볼 것도 없소이다. 우리를 농락하고자 함이 틀림없을 테니."

신도장의 전신에서 일어난 살기가 회의실을 가득 메울 때 제갈명이 어이없는 웃음을 흘리며 말했다.

"동맹을 맺자는군요."

일순간 회의실에 침묵이 찾아왔다.

엄청난 살기가 쏟아졌다.

그것도 한두 사람이 아니라 수십 명에 달하는 고수들이 뿜어낸 살기였다.

걸음을 옮기는 공손예의 표정은 변화가 없었다.

당연한 것이 그녀 스스로도 상당한 무공을 지니고 있는 데다가 그녀의 좌우에서 갈천상과 공손민이 그들에게 쏟아지는 살기를 무력화시키고 있었기 때문이었다.

[분위기가 너무 살벌해.]

공손민이 갈천상에게 전음을 보냈다.

[얼마 전만 해도 서로에게 검을 겨눴다. 원한이 쌓이고 쌓인 관계니 당연한 것이겠지. 루주는 대체 어쩌자고 예아를 이곳으로 보낸 것인지 모르겠구나.]

갈천상의 입에서 한숨이 흘러나왔다.

그들은 공손은이 이끄는 주력이 단우 노야에게 몰살당했음을 확인하자마자 퇴각을 결정했고 루외루에서 보낸 퇴각 명령이 도착할 즈음엔 이미 어느 정도 위험에서 벗어난 상태였다. 한데 뒤이어 도착한 전서구에는 정말 말도 안 되는 명령이 적혀 있었다.

'동맹이라니! 상황상 필요할 수 있다 쳐도 다른 사람도 아니고 어째서 예아를 보낼 생각을 했단 말인가. 정말 이해할 수가 없소, 루주.'

사자로 선택받은 공손예는 무황성을 향해 곧바로 발걸음을 돌렸고 그녀를 호위하겠다는 공손민의 고집은 아무도 꺾지 못했다. 결국 공손민이 행여나 경거망동을 하여 일을 그르칠까 걱정한 갈천상까지 무황에 오게 된 것이다.

무시무시한 살기를 뚫고 지존각에 도착한 공손예 일행과 희천세를 비롯하여 제갈명과 사공추 등 현재 무황성을 대표하는 이들이 마주 앉았다.

신도장이 전령을 만나보길 강력하게 원했지만 희천세와

제갈명은 그의 요구를 받아들이지 않았다. 대신 그와 뜻을 같이하는 혜연 대사를 참석케 함으로써 불만을 잠재웠다.

희천세가 공손예 일행에게 자리를 권했다.

"오시느라 고생하시었소. 편히 앉으시오."

"감사합니다."

정중히 고개를 숙인 공손예가 마련된 자리의 중앙에 앉고 갈천상과 공손민이 그녀를 호위하듯 좌우에 앉았다. 당연히 갈천상이 중앙에 앉으리라 예상했던 이들의 얼굴에 곤혹감이 나타났다 사라졌다.

서로에게 예를 표하며 간단한 통성명이 끝나자 희천세가 먼저 입을 열었다.

"보내주신 서찰을 통해 대충 하고자 하는 얘기를 들었소. 하지만 이 시점에서 동맹이라니 이 늙은 머리를 아무리 굴려봐도 도저히 이해가 가지 않는구려."

희천세의 말에 공손예가 빙그레 웃으며 말했다.

"어렵게 생각하실 것 없습니다. 말 그대로 동맹입니다."

그녀의 말을 제갈명이 받았다.

"그러니 어렵다는 것입니다. 얼마 전만해도, 아니, 지금 이 순간에도 전장에선 루외루와 무황성의 무인들이 서로를 죽이기 위해 무기를 휘두르고 있습니다. 한데 동맹이라니요. 너무도 생뚱맞습니다. 조금 전만해도 추격대를 보내는 문제로 격론을 펼치고 있었습니다."

제갈명이 제대로 논의조차 되지 않은 일로 은근히 압력을 가했다.

"추격대라면 우리를 공격하기 위한 추격대인가요?"

"그렇습니다. 그대들이 꾸민 계략이 만천하에 드러났고 무황성을 노리는 병력이 사실은 별것 없다는 것을 확인했으니 그냥 둘 수는 없지 않겠습니까? 막 결론이 나려던 참이었습니다. 한데 여러분들의 방문으로 모든 결정이 뒤로 밀리게 되었군요. 참으로 절묘한 시간에 방문하셨습니다."

제갈명의 조소에 공손예 역시 웃음으로 맞섰다.

"글쎄요. 어떤 식으로 결론이 나도 상관은 없었을 것 같습니다만."

제갈명은 공손예의 웃음을 보며 이미 그들의 병력이 무사히 빠져나갔음을 직감했다.

쓴웃음을 지은 제갈명이 분위기를 확 바꾸었다.

"잡설은 그만두고 본론으로 들어가지요. 무슨 이유로 동맹을 맺으려 함입니까?"

"다른 뜻은 없습니다. 다만 공동의 적을 보다 쉽게 쓰러뜨리기 위해서라고나 할까요?"

"공동의 적이라면 산외산, 아니면 단우 노야를 말하는

것입니까?"

"단우 노야와 그의 수족인 빙마곡이라고 해두지요."

"지금 이 시간에도 무황성과, 정확히 말씀드리자면 강북 무림 연합군이라고 해야겠군요. 그들과 빙마곡은 치열한 공방전을 펼치고 있습니다. 한데 루외루 입장에서 굳이 동맹을 맺을 필요가 있을까요? 차분히 기회를 기다린다면 더 좋은 결과를 얻을 수 있을 텐데요. 어째서 그런 기회를 버리려는 것인지 이해가 가지 않습니다."

공손예는 대답 대신 찻잔을 들었다.

따뜻한 찻물로 가볍게 목을 축인 공손예가 찻잔을 내려놓으며 말했다.

"그때까지 기다릴 인내심이 없기 때문입니다."

조금 전까지의 온화한 표정은 온데간데없고 한기가 풀풀 풍기는 공손예의 표정을 보며 제갈명은 얼마 전 루외루의 후계자이자 루주의 딸이 단우 노야에게 처참히 목숨을 잃었음을 상기했다. 이번 일 역시 그때 참사의 연장선상이리라.

"또한 지금 당장은 어려울지 모르나 장기적으로 무황성과 우호적인 관계를 맺고자 하는 의도도 있습니다."

순간, 제갈명은 물론이고 희천세와 사공추의 표정이 확 변했다. 그만큼 그녀의 말에는 결코 가볍지 않은 뜻이 담겨 있었다.

"루외루는 산외산과 동맹을 맺고 있다고 들었습니다만."

"빙마곡이 다름 아닌 산외산의 수족이었습니다. 그것만으로도 동맹은 깨진 것이나 다름없겠지요."

"장기적으로 우호적인 관계를 맺으려 한다니 나름 뜻깊은 말이기는 하나 쉽게 받아들이긴 어렵군요. 그동안 흘린 피가 너무 많습니다."

"이해합니다. 당장 답을 원한 것도 아니고요."

"이번 동맹 건도 논의를 해봐야 할 것 같습니다."

"말씀드렸다시피 우리에겐 기다릴 시간이 없습니다. 음, 우선은 급한 대로 빙마곡을 공격함에 있어 한시적이나마 서로에게 적대적인 행위를 하지 않는 것이 어떨까요? 무황성과 루외루의 다툼으로 이득을 볼 사람들을 생각한다면 말이지요."

'과연 그렇군.'

제갈명의 눈동자가 반짝거렸다.

비로소 루외루가 원하는 것이 무엇인지 정확히 확인이 되었다.

동맹이란 거창한 말을 꺼내 들었지만 결코 쉽게 받아들여질 수 없다는 것은 그들도 알고 있을 터. 애당초 그들이 원했던 것은 빙마곡을 공격함에 있어 방해를 받고 싶지 않다는 것이었다.

강북무림 역시 체면상이라도 그대로 물러설 수는 없는 상황이니 각자의 영역에서 빙마곡을, 단우 노야를 상대하자 말하는 것이었다.

"루외루의 제안은 충분히 이해를 했습니다. 잠시 기다려 주시겠습니까? 얼마 걸리지 않을 것입니다."

"물론이지요."

공손예는 시간을 달라는 제갈명의 요청을 흔쾌히 받아들였다.

제갈명과 무황성의 수뇌들이 자리를 비우자 공손예가 길게 숨을 내뱉었다. 애써 내색하지는 않았지만 얼마나 긴장을 하고 있었는지 이마에 땀방울이 송글송글 맺혔다.

"애썼다."

갈천상이 안쓰러운 표정으로 공손예의 어깨를 두드렸다.

*   *   *

공손예가 방문하여 무황성이 발칵 뒤집힌 바로 그 시간, 무황성 외성의 한 전각에 여장을 푼 사내가 짜증 가득한 얼굴로 역정을 내고 있었다.

야수궁을 완벽하게 무너뜨린 뒤, 혈륜전마와 사도은 등의 거센 반대를 무릅쓰고 진유검을 만나기 위해 은밀히 무황성에 온 독고무였다.

"그러니까 뭐야? 유검이 도착을 하지 않았다는 말이냐?"

독고무는 진유검이 아직 무황성에 도착하지 않았다는 막연의 보고에 노한 표정을 감추지 않았다.

"그, 그렇습니다."

흑무의 이인자 막연이 납작 엎드린 채 어쩔 줄을 몰라 했다.

"그럼 언제쯤 도착한다는 거지? 예정대로라면 오늘 오후면 도착을 한다고 하지 않았나?"

"그, 그렇긴 합니다만……."

막연은 독고무의 눈치를 보며 말을 잇지 못했다.

"교주님께서 하문하시었소. 제대로 답하시오."

신임 천마대주이자 독고무를 호종하기 위해 따라온 모일호가 불편한 기색을 드러내며 말했다.

손을 들어 모일호를 물러나게 한 독고무가 다시 물었다.

"정확하게 대답해라. 유검은 언제 도착하는 것이냐?"

"그, 그게……."

"내 인내심을 시험하지 마라."

독고무의 음성이 싸늘해졌다.

화들짝 놀란 막연이 덜덜 떨리는 음성으로 대답했다.

"지, 진 공자께선 무황성으로 오시지 않는다고 합니다."

독고무의 얼굴이 그대로 일그러졌다.

"오… 지 않는다고? 어째서?"

"낭인천을 상대하기 위해 북상하셨다고……."

독고무가 손을 뻗자 막연의 목이 그의 손으로 그대로 빨려 들어갔다.

"어제만 해도 그런 얘기는 없었다. 아니, 본좌가 이곳으로 오는 동안에도 그런 말은 없었다. 대체 어디서 그런 헛소리가 나온 것이냐?"

독고무의 손에 목이 잡힌 막연은 아무런 대답도 하지 못하고 시뻘게진 얼굴로 바둥거렸다.

"교주님."

모일호가 극도로 조심스러운 태도로 독고무를 불렀다. 그제야 자신이 막연의 목을 틀어쥐고 있음을 인식한 독고무가 막연의 목을 죄던 손을 풀었다.

켁켁거리며 숨을 고르던 막연은 모일호가 옆구리를 쿡 찌르자 깜짝 놀라며 입을 열었다.

"저, 저도 방금 형님께 연락을 받았습니다."

"막심초가?"

"예."

막연은 형이자 흑무의 수장에게 모든 것을 떠넘기고 고개를 숙였다.

"무황성 놈들도 웃기는군. 그 같은 중요한 얘기를 어째서 이제야 전한 것이지?"

독고무의 분노가 막연에게서 무황성으로 향했다.

"진 공자님의 행보가 아무래도 극비다 보니 이쪽으로 통보하는 것이 늦어진 모양입니다."

모일호가 조심스레 얘기했지만 독고무는 생각이 달랐다.

"그보다는 우리를 배려하지 않는 것이겠지. 정보를 공유하기를 꺼리는 거다. 그나마 유검 녀석의 소식이니까 어쩔수 없이 전해준 것이지 다른 것은 여전히 감추려고 할 것이다. 한심한 인간들 같으니! 제길, 오랜만에 얼굴이나 보려고 했건만."

독고무가 진한 아쉬움을 표했다.

천마조사가 남긴 마지막 무공을 얻은 후, 야수궁을 무너뜨리고 야수궁주 묵첩파의 목숨까지 거둔 독고무는 진유검에게 자신이 이룬 성취를 보여주고 싶었다.

비록 어깨를 나란히 할 정도는 아니더라도 바로 뒤까지는 쫓아왔다고 당당히 자랑하고 싶었다.

그랬기에 혈류전마와 사도은의 반대에도 불구하고 직접 무황성까지 찾아온 것이었다.

　"아쉽지만 이대로 돌아가시는 것이 좋겠습니다. 진 공자님이 중간에 계시고 그동안 세외사패, 루외루와의 싸움 때문에 많이 호전되었다고는 해도 무황성과 본교의 사이가 근본적으로 좋다고 할 수는 없습니다."

　"아무래도 그래야……."

　모일호의 말에 묵묵히 고개를 끄덕이던 독고무가 갑자기 고개를 저었다.

　"이대로 가는 건 아닌 것 같다."

　"예? 진 공자님이 이곳에 계시지 않습니다."

　"대신 할아버님이 계신다. 조카도 있고. 여기까지 왔는데 인사도 드리지 못하고 가는 것은 아닌 것 같다. 녀석이 알면 서운해할 거다."

　'그래도 이건 아닌 것 같습니다'라는 말이 목구멍까지 치솟았지만 모일호는 차마 입을 열지 못했다.

　"막연."

　"예, 교주님."

　"무황성 내에서도 의협진가는 따로 머물고 있다고 들었다. 할아버님이 어디에 머물고 계시는지 파악해 와라. 정확히 반 시진 주겠다."

"조, 존명!"

바닥에 머리를 찧은 막연은 그대로 방문을 박차고 몸을 날렸다.

*   *   *

"확실한 것이냐?"

노여움이 깃든 것인지 단우 노야의 눈동자에서 붉은 기운이 살짝 흘러나왔다.

"예, 할아버님. 천목에서 일하는 놈의 입에서 나온 말이니 틀림없을 것입니다."

단우종이 한쪽 구석에 죽은 듯 처박혀 있는 사내를 가리키며 말했다.

머리부터 발끝까지 피로 물든 사내의 어깨가 미미하게 들썩이는 것을 보면 숨은 붙어 있는 것 같았다.

"하면 소림사와 개방 놈들은 아예 포기를 한 것인가?"

사도참이 조심히 입을 열었다.

"포기를 했다기보다는 아마도 균형을 맞추려 한 것으로 보입니다."

"균형?"

"예, 저자의 말에 의하면 사천에서 돌아오던 수호령주와 사공세가의 정예가 낭인천을 상대하기 위해 북상한 것은 무황성을 노리며 코앞까지 밀려들었던 루외루의 전력이 거짓임이 드러나자마자 취해진 조치라 합니다. 현재 무황성은 강남을 잃었고 사천을 지켜냈습니다. 그런 상황에서 강북무림까지는 지키기 힘들다 판단한 것으로 보입니다. 대신……."

"빙마곡과 루외루에게 합공을 당하게 되는 강북무림은 버리고 그들을 잃는 대가를 낭인천에서 받으려 했다 여기는 것이냐?"

"예, 강북무림에는 최대한 싸움을 피하고 전력을 보전하라는 명을 내렸다는 것을 보면 틀림없습니다."

"흠, 제법 대담한 계획이로군. 군사가 누구라고 했지?"

"제갈명이라고 제갈세가의 출신으로 알려진 자입니다. 무황의 사후, 사실상 이자가 무황성을 움직이고 있습니다."

"그런데 상황이 재밌게 흘러가고 있습니다."

단우종이 슬쩍 끼어들었다.

단우 노야의 시선이 단우종에게 향했다.

"저놈 말이 루외루에서 사자가 왔다고 합니다."

단우 노야가 이해가 되지 않는다는 듯 미간을 찌푸리자 단우종이 빠르게 말을 이었다.

"빙마곡, 정확히는 할아버님을 치기 위해 동맹을 제의했다고 하더군요."

단우 노야의 입가에 섬뜩한 미소가 지어졌다.

"그래서, 무황성에선 어찌한다고 하더냐?"

"아직도 딱히 결론은 내리지 못한 듯싶습니다. 그렇잖아도 루외루의 정예가 우리에게 몰살을 당한 것을 확인하고는 다시 지원군을 보내야 하는지 말아야 하는지를 놓고 격론을 벌였다고 합니다. 그런 상황에서 루외루가 동맹을 제의해 왔으니 아주 난리가 난 모양입니다."

"현 상황에서야 무조건 손을 잡는 것이 이득이겠지만 무황성엔 명분 따위에 목숨을 건 자들이 워낙 많은지라 설왕설래 말들이 많은 듯합니다. 그래도 대세는 손을 잡자는 쪽 같습니다."

사도참의 말에 단우 노야의 입가에 지어진 미소가 더욱더 짙어졌다.

"가소로운 것들."

순간, 단우종과 사도참은 뭔가 불길한 느낌에 자신들도 모르게 몸을 으스스 떨었다.

*　　　*　　　*

독고무가 내성의 성벽을 넘은 것은 술시(戌時 : 오후7시~9시)가 막 지났을 무렵이었다.

때가 때인 만큼 많은 경비들이 촘촘히 경계를 서고 있었지만 그들의 실력으론 야조처럼 은밀히 움직이는 독고무의 움직임을 간파할 수가 없었다.

독고무는 막연을 옆구리에 끼다시피 하며 이동했다. 모일호는 어느 정도 그를 따라 움직일 수 있었으나 막연의 실력으론 불가능한 일이었기 때문이었다.

"어느 쪽이냐?"

경비들의 눈을 완벽하게 피했다고 여긴 독고무가 막연을 팽개치며 물었다.

"현, 현재 의협진가는 천음각에 머물고 있는 것으로 확인되었습니다."

"그러니까 천음각이 어디냐고?"

"지존각을 정면으로 놓고 보았을 때 동북쪽으로 외따로 떨어져 있는 전각이라 했습니다. 전각 앞에 조그만 연못도 있다고……."

"안내해라."

"예?"

막연이 화들짝 놀라자 독고무의 눈꼬리가 치켜 올라갔다.

"설마 길을 모른다는 말은 아니겠지?"

"아, 아닙니다. 안내하겠습니다."

재빨리 고개를 흔든 막연이 앞서 걷기 시작했다.

겉으로 보기엔 힘찬 걸음걸이였지만 걸음을 내딛는 막연의 표정은 그렇지 못했다.

무황성에 발걸음을 해본 적 없던 그였기에 대략적인 지형만을 숙지하고 있을 뿐 어디에 무엇이 있는지 제대로 알지는 못했다. 그러나 감히 모른다고 대답할 수 없었기에 무작정 걸음을 내딛은 것이다.

'북동쪽, 북동쪽. 연못이다, 연못.'

맹렬히 눈동자를 굴려 지존각으로 짐작되는 건물을 확인한 막연은 지존각을 중심으로 북동쪽, 그리고 연못이라는 한정적인 정보만을 가지고 천음각을 찾기 시작했다.

독고무 일행은 몇 번이고 길을 잘못 들고 경비를 서는 이들에게 노출될 뻔한 위기를 겪은 뒤에야 비로소 천음각을 눈앞에 둘 수 있었다. 첫걸음을 뗀 뒤 거의 반 시진이나 지난 뒤였다.

천음각에 도착한 독고무는 거침없이 자신을 노출시켰다. 기겁한 모일호와 막연이 재빨리 막으려 하였으나 경비병들의 움직임이 훨씬 빨랐다.

"누구냐?"

수호령주의 가문이라는 이유로 유난히 많은 경비들이 배치된 천음각이었다. 낯선 사내의 등장에 잔뜩 긴장한 경계병들이 사방에서 모습을 드러냈다.

　"할아버님을 뵈러 왔으니 그리 소란 떨 것 없소."

　태연스러운 독고무의 반응에 혹여 실수라도 할까 봐 경비들도 조심스러운 태도로 물었다.

　"할아버님이라면 누구를 말씀하시는 것이오?"

　"태상가주님을 뵈러 왔으니 안내해 주시오."

　"누구라 전해 드려야 하는 것입니까?"

　경계병 중 가장 연장자인 사내가 공손한 태도를 유지하며 반문했다.

　"무가 왔다고 전해주시오."

　"무라면……."

　"그냥 그렇게만 전해주시면 알 것이오."

　"알겠습니다."

　사내는 고개를 끄덕이면서도 의심의 눈초리를 거두지 않았다. 그가 천음각 내부로 들어가고 얼마 후, 진호가 문을 박차고 나섰다.

　"숙부님!"

　환히 웃으며 달려오는 진호. 얼마나 급히 달려 나왔는지 신발도 제대로 신지 못한 채였다.

"오랜만이다."

독고무는 천마신교의 수하들에겐 지금껏 한 번도 보여
주지 못한 부드러운 웃음을 지으며 손을 흔들었다.

*   *   *

십여 개의 그림자가 무황성 내성을 넘었다.

조심스럽다는 느낌도 없이 훌쩍훌쩍 도약을 했음에도
경계병 그 누구도 그들의 존재를 눈치채지 못했다.

그들의 움직임은 지존각을 삼십여 장 앞두고 멈춰졌다.

"저 건물이 바로 지존각입니다."

본격적인 움직임에 앞서 은밀히 무황성에 잠입을 했던,
단우 노야의 제자 중 가장 뛰어난 은신술과 경공술을 지녔
다고 알려진 몽상여가 지존각을 가리키며 말했다.

"누가 머물고 있느냐?"

지존각에 시선을 고정시킨 단우 노야가 물었다.

"전대 무황의 사후, 딱히 주인이 정해진 것 같지는 않습
니다. 루외루와의 협력 문제로 인해 수뇌부들이 회의를 했
던 것 같은데 조금 전에 끝났습니다."

"임시 무황이 있다고 하지 않았던가?"

단우종의 물음에 몽상여가 고개를 저었다.

"희천세라는 자가 임시 성주직을 맡고는 있지만 지존각에 머물지는 않는다고 합니다. 장로전에 따로 거처가 있다는군요. 돌아오기 전, 그가 지존각을 나서는 것을 확인했습니다."

"군사는?"

단우 노야가 고개를 돌려 물었다.

"군사 제갈명의 처소는 지존각 옆에 있는 군사부입니다. 바로 저 건물입니다."

몽상여가 지존각 옆에 위치한 낡은 건물을 가리켰다.

"지존각에서 나오는 것은 확인하지 못했습니다."

차가운 눈빛을 반짝인 단우 노야가 단우종의 머리를 묵직이 짚었다.

"제거해라."

"알겠습니다."

깜짝 놀랄 만한 명임에도 무황성의 성벽을 넘을 때부터 이미 짐작이라도 한 듯 단우종의 음성은 담담했다.

"사도참."

"예, 노야."

"희천세."

"알겠습니다."

사도참도 별다른 말 없이 순순히 명을 받았다.

단우 노야의 시선이 몽상여에게 향했다.

"어디냐?"

"지존각을 중심으로 북동쪽입니다."

"안내해라."

"네."

짧게 대답한 몽상여는 북동쪽 방향으로 지체 없이 몸을 날렸다.

단우 노야는 뒷짐을 진 자세 그대로 걸음을 내디뎠다. 그럼에도 불구하고 몽상여의 움직임에 조금도 뒤처짐이 없었다.

두 사람의 신형이 눈 깜짝할 사이에 사라지자 그제서야 불만이 터져 나왔다.

"이건 말도 안 되는 명입니다, 사형."

송강이 어이가 없다는 표정으로 목청을 높였다.

"무황성이다. 목소리를 낮춰."

사도참의 경고에도 송강은 아랑곳하지 않았다.

"무황성이 아무리 힘이 빠졌다고는 하나 용담호혈 같은 곳입니다. 그런 곳에서 실세 중의 실세라는 군사와 임시 성주를 제거하라니요. 불가능한 일입니다. 설사 그들을 제거한다고 해도 무사히 탈출할 가능성이 없습니다."

"네 말이 맞다. 하지만 그렇기에 오히려 가능성이 있다고 본다."

"그건 무슨 말입니까?"

"최근에 무황성은 루외루의 공격으로 인해 긴장감이 극대화되어 있었다. 한데 루외루의 공격이 허장성세임이 밝혀졌다. 극도의 긴장감 뒤에 따라오는 것은 당연히 허탈감이겠지. 거기에 네 말대로 무황성은 용담호혈이다. 누가 감히 암습을 꿈꾸겠느냐? 물론 전대 무황의 암살은 특이한 경우다. 무려 수십 년을 준비해서 성공한 드문 예라고 할 수 있지. 이후, 무황성에 침투시킨 간자들은 모조리 사라졌고. 이런 상황에서 저들의 뇌리에 무황성 내에서의 암습은 존재하지 않는다고 해도 과언은 아닐 것이다. 관건은 적들을 제거한 다음 과연 무사히 탈출할 수 있느냐는 것."

"쉽지는 않을 겁니다. 아무리 은밀히 공격을 한다고 해도 무황성에서 저들이 차지하는 위치를 감안했을 때 소란은 불문가지일 것이고 인의 장막이 펼쳐지는 것 또한 순식간일 테니까요."

단우종이 한숨을 내쉬며 말했다.

"그걸 알면서 무작정 명을 받은 것입니까?"

송강의 반발에 단우종이 쓴웃음을 지으며 되물었다.

"아니면? 못 한다고 할까? 사제라면 할 수 있을까?"

"그, 그건……."

송강은 쉽게 대답하지 못했다. 사실 이렇게 불만을 터뜨리는 것도 단우 노야가 사라진 이후니까 가능한 것이었다.

"명을 받았으면 따를 수밖에 없어. 문제는 어떻게 하면 우리의 생존을 극대화시킬 수 있는 것인지 그 방법을 찾아야 하는 것이고."

지존각을 중심으로 주변 지형을 차분히 살피는 사도참은 이미 어느 정도 계획이 선 듯했다.

"기왕 시작한 것이라면 화끈하게 놀아보자고."

"허허! 바로 이런 경우를 두고 전화위복(轉禍爲福)이란 말을 쓰는 것이겠구나. 설마하니 천마조사의 비전이 군림도에 숨겨져 있을 줄이야."

"후손들을 말려 죽일 셈이 아니라면 이럴 수는 없는 것이었습니다."

부러진 군림도에서 패천무극도의 마지막 비전을 얻었음에도 독고무는 천마조사에게 아직도 유감이 많은 듯했다.

"천마조사께선 인연이 아닌 자에게 본인의 무공이 이어지는 것을 원하지 않은 것 같구나."

진산우가 부드럽게 웃으며 독고무를 달랬다.

"한데 그 인연이라는 것을 충족시키기 위한 조건이 말도 안 되는 겁니다. 생각해 보세요. 상황상 약간의 차이는 있겠지만 명색이 천마신교 교주의 군림도가 부러질 정도면 상대는 그보다 더욱 강하다는 것을 의미한다고 봅니다."

"그렇겠지."

"할아버님께선 그런 상황에서 목숨을 부지할 가능성이 얼마나 있다고 보십니까?"

"글쎄다."

진산우는 독고무의 날 선 질문을 웃음으로 넘겼다.

"저도 유검이 아니었으면 그 단우 노물에게 죽임을 당했을 겁니다."

진산우가 기다렸다는 듯 말했다.

"그게 인연이라는 것이다. 어떠한 상황에서도 제 물건은 결국 주인을 찾아가게 되는 법이지."

"하! 그… 게 또 그렇게 되는 건가요?"

독고무가 허탈한 웃음을 지으며 옆에 놓인 군림도를 바라보았다.

천마조사의 방식은 여전히 마음에 들지 않았지만 어쨌든 패천무극도의 마지막 삼초식을 얻은 이후, 야수궁을 무너뜨리고 궁주인 묵첩파의 목숨까지 끝장을 냈으니 불만도 어느 정도는 상쇄된 상태였다. 아니, 솔직히 그 불만이란 것도 이제는 기분 좋은 투정에 불과한 것이었다.

"부러졌다던 군림도더냐?"

"예, 그래도 수백 년간 본교의 신물로 사용되던 것인데 그냥 둘 수가 있어야지요. 이제는 어지간해선 부러지지 않을 겁니다."

독고무는 부러진 군림도를 수백 번 넘게 담금질하며 그때마다 천마조사에 대한 원망을 쏟아낸 것을 기억하곤 입가에 슬며시 미소를 지었다.

그런데 갑자기 미세한, 심지어 진산우마저 눈치채지 못할 정도로 은밀히 들려온 소리에 독고무의 안색이 확 굳었다.

"무슨……."

갑작스러운 독고무의 변화에 놀라 질문을 하려던 진산우의 표정 또한 딱딱하게 굳었다.

때마침 들려온 비명 소리 때문이었다.

진산우와 독고무가 동시에 자리를 박차고 일어났다.

그 순간, 방문이 열리고 뒷짐을 진 단우 노야가 모습을 드러냈다.

"다, 당신이 어떻게 여기를……."

독고무의 두 눈이 경악으로 물들었다.

자신을 지옥의 문턱까지 보낸 인물이 어찌 여기 있을 수 있단 말인가!

"누군가 했더니 천마신교의 애송이로군."

차갑게 웃던 단우 노야의 눈빛에 은은한 놀람이 깃들었다.

독고무의 전신에서 피어나는 기세가 그때와는 전혀 다르다는 것을 느낀 것이다.

"얼마 되지도 않은 시간이었는데 기연이라도 있었던 모양이구나."

"기연? 있었지."

독고무가 군림도를 들었다.

"그리고 그 기연은 다름 아닌 늙은 노물, 네놈 덕분이다."

독고무가 단우 노야를 향해 군림도를 겨누자 폭풍 같은 기세가 천음각을 뒤흔들었다.

"노물이라."

독고무의 입에서 쏟아지는 막말에 그렇지 않아도 차가웠던 단우 노야의 눈빛이 살벌하게 변했다.

"다소 부족하다 여겼는데 잘됐군. 저 늙은이에 네놈의 목까지 더한다면 본좌가 수호령주에게 주는 선물이 제법 구색을 갖추겠구나."

단우 노야의 말에 독고무는 어째서 그가 무황성에, 그리고 의협진가가 머물고 있는 천음각에 나타났는지 이해할 수 있었다.

"더러운 노물답구나. 실력으로 안 되니 녀석의 가족을 노리는 것이냐?"

"그저 본좌에게 헛걸음을 하게 만든 벌이자 이후의 만남을 기대하는 선물일 뿐이다."

"내가 있는 한 그런 일은 절대로 없을 것이다, 노물."

"그래? 그렇다면 어디 한번 해보거라."

"물론이다."

악에 받친 외침과 함께 군림도가 움직였다.

방이 넓지 않았기에 큰 동작이 필요치 않았다.

단우 노야가 군림도를 향해 손을 뻗었다.

독고무는 단우 노야의 손에 착용된 천마수를 보며 이를 꽉 깨물었다.

"되찾을 것도 있었네."

자신감 넘치는 말투와는 달리 결과는 그리 좋지 않았다.

워낙 창졸간에 시작된 공격이었기에 전력을 다할 수는 없었지만 그렇다고 해도 군림도에 실린 힘은 가히 천하를 오시할 만했다. 그럼에도 독고무의 공격은 천마수에 의해 너무도 힘없이 막히고 말았다. 물론 그 충격의 여파로 천음각 이 층이 통째로 날아갔지만.

충격파를 피해 천음각 밖으로 뛰어내린 진산우는 몽상여와 치열한 접전을 펼치는 무염을 볼 수 있었다.

짧은 시간이었음에도 무염의 전신은 피로 뒤덮여 있었고 주변엔 무황성에 보내준 몇몇 경계병들과 의협진가의 제자들 이십여 명이 차가운 시신이 되어 쓰러져 있었다. 그 시신 중 하나는 단우 노야의 일격에 숨이 끊긴 천마대주 모일호였다.

진유검의 도움으로 의협진가에서도 손에 꼽히는 고수로 성장한 무염이었지만 몽상여에 비하면 모든 것이 부족했다. 그저 간신히 목숨을 부지하는 것이 전부일 정도로 압도적인 차이가 났는데 그는 뒤늦게 달려온 대장로 허극노가 합류한 뒤에야 겨우 수세에서 벗어날 수 있었다.

꽝!

폭음과 같은 충돌음에 진산우의 고개가 홱 돌아갔다.

단우 노야와 치열한 싸움을 펼치고 있는 독고무의 모습이 들어왔다. 접전처럼 보였으나 비교적 여유가 있는 단우 노야에 비해 독고무는 악귀처럼 인상을 쓰며 필사적으로 공격을 퍼붓는 것을 보면 둘 중 누가 우위인지는 확실했다.

검을 잡은 진산우는 지체 없이 몸을 날렸다.

무황성 서북쪽에서 불길이 치솟았다.

전각 하나를 순식간에 잿더미로 만든 불길은 노도와 같

은 기세로 주변 건물을 집어삼키기 시작했다.

어둠에 잠겼던 무황성이 완전히 깨어났다.

잠을 청했던 수많은 이들이 쏟아져 나와 불길을 잡기 위해 동분서주했지만 불길은 쉽게 잡히지 않았다. 제법 강하게 부는 바람 때문이기도 했지만 은밀히 불씨를 퍼뜨리는 이들의 존재 때문이었다.

루외루와의 동맹 때문에 지존각의 무황 집무실에 머물고 있던 제갈명에게 화재 소식이 전해진 것은 불길이 두 번째 전각을 완전히 집어삼킨 뒤였다.

"하필이면 이럴 때."

전령을 통해 일단 급한 대로 화재에 대한 대처 방안을 지시한 제갈명이 한숨을 내쉬더니 몸을 돌려 공손예에게 고개를 숙였다.

"죄송합니다만 잠시 자리를 비워야 할 것 같습니다."

"당연히 그러셔야지요. 어서 가보세요. 전 신경 쓰지 마시고요."

최종 결정이 유보는 되었지만 제갈명과 동맹에 대해 몇 가지 논의를 하느라 화재 소식을 함께 접한 공손예는 당치 않다는 표정을 지으며 어서 가보라는 손짓을 했다.

"감사합니다. 금방 돌아오지요."

가볍게 목례를 한 제갈명이 집무실의 문을 열고 나가려

할 때 언제 나타난 것인지 집무실 맞은편의 방에서 쉬고 있던 공손민이 그의 몸을 집무실 안쪽으로 밀었다.

"무, 무슨 일입니까?"

뒷걸음질 친 제갈명이 당황하여 물었다.

대답은 공손민 뒤에 있던 갈천상이 대신했다.

"적이 쳐들어온 것 같소."

"저, 적이라니요? 그 무슨 말도 안 되는……."

제갈명은 놀란 눈을 부릅뜨며 입을 다물었다.

갈천상과 공손민 사이로 일 층에서 이 층으로 통하는 계단 위로 누군가의 목이 치솟았다 사라지는 것을 본 것이었다.

"강한 자다. 그것도 한둘이 아니야."

집무실로 들어선 갈천상이 공손예를 보며 말했다.

공손예의 고운 아미가 찌푸려졌다.

갈천상이 강하다고 할 정도면 상황이 생각보다 심각하다는 것을 의미했기 때문이었다. 더불어 그녀는 갈천상의 눈빛을 보며 그가 말하고자 하는 바를 금방 깨달았다.

잠시 생각하던 공손예가 가만히 고개를 저었다.

"창을 뚫고 나간다고 해도 적들은 우리를 가만두지 않을 거예요. 지존각을 공격하는 자들이 그리 어설프게 일을 처리하지는 않을 테니까요. 그리고 중요한 것은 우리가 피할 이유가 없다는 것이지요."

"무슨 뜻이냐?"

되묻는 갈천상의 얼굴엔 귀찮아하는 기색이 역력했다.

"천하에 누가 있어 무황성의 심장이라는 지존각을 공격할 수 있을까요? 그것도 우리가 무황성과 동맹을 논의하는 시점을 정확히 기다렸다가."

갈천상의 눈썹이 하늘로 치솟았다.

"산… 외산?"

"십중팔구는, 아니, 확실해요. 어느 쪽의 산외산인지는 모르겠지만."

제갈예의 확신에 갈천상이 천천히 고개를 끄덕였다.

"그렇구나. 우리가 피할 이유가 없었어. 물론 어느 쪽인지도 생각할 필요도 없는 것이고."

천천히 몸을 돌리는 갈천상의 전신에선 이미 감당키 힘든 살기가 피어오르고 있었다. 때마침 도착한 송강이 흠칫 놀라 뒷걸음을 칠 정도였다.

"네놈, 산외산의 쥐새끼더냐?"

갈천상이 물음에 송강은 아무런 대꾸 없이 집무실 안쪽을 살폈다.

문사건을 쓴 중년인은 그가 목표로 한 제갈명이 틀림없을 터. 문제는 눈앞의 노인과 그 옆에 있는 두 명의 여인이었다. 노인도 그랬지만 표독한 표정을 짓고 있는 두 여인의 몸에서 풍기는 기세도 장난이 아니었다.

그제야 루외루에서 동맹을 논의하기 위한 사자가 도착했다는 것을 상기한 송강의 얼굴이 무참히 일그러졌다.

'병신 같은 새끼. 루외루에서 온 사자가 어떤 놈들인지도 확인을 했어야 하잖아!'

몽상여의 능력이 아무리 뛰어나다고 해도 지존각에 직접 잠입해서 확인하지 않는 한 그들의 정체를 파악하는 것이 불가능했다는 것을 뻔히 알면서도 욕지기를 내뱉을 정도로 상황은 좋지 않았다.

"루외루에서 온 사람들인 모양이군."

송강의 뒤에서 단우종이 모습을 드러냈다. 그의 얼굴 또한 송강만큼이나 당황한 기색이 역력했다.

"반갑다, 개새끼들아!"

공손민의 날카로운 검이 인사를 대신했다.

82장

무황성(武皇城)의 굴욕

쿠쿠쿠쿵!

단우 노야를 노렸던 독고무의 일격이 허무하게 빗나갔고 덕분에 위태롭게 버티던 천음각이 굉음을 내며 무너져 내리기 시작했다.

천음각이 무너지며 발생한 흙먼지가 사방을 뒤덮자 그렇잖아도 어둡던 주변의 시야가 완벽하게 차단되었다.

격전을 펼치는 독고무와 단우 노야는 전혀 영향을 받지 않는 듯 서로의 약점을 노리며 날카롭게 공격을 퍼부었다.

싸움이 시작되자마자 독고무를 돕기 위해 뛰어들었던 진산우는 단우 노야의 강맹한 공격을 감당하지 못한 채 심각한 부상을 당하고 물러나 두 사람의 대결을 힘없이 지켜볼 수밖에 없었다.

과거 무황과 버금가는 실력자였던 모습을 떠올린다면 있을 수 없는 일이었겠지만 죽음의 위기에서 진유검의 도움으로 겨우 기사회생한, 노쇠할 대로 노쇠한 그로선 그 정도가 최선이었다.

단우 노야가 연속적으로 장력을 뿌렸다.

흙먼지를 휘감으며 밀려든 장력이 독고무가 움직일 모든 방위를 완벽하게 차단했다.

'빌어먹을 노물 같으니!'

자신의 숨통을 끊기 위해 들이치는 장력을 보며 독고무는 절로 욕지기가 치밀었다.

'단전이 박살 났다더니만 어째 더 강해진 것 같잖아!'

천마수에서 뿜어져 나오는 장력이 얼마나 빠르고 강맹한지 짐작조차 되지 않을 정도였다.

끊임없이 이어지는 단우 노야의 공격은 숨이 막힐 정도로 무시무시했지만 천마조사의 마지막 심득을 얻은 독고무도 이전의 그가 아니었다.

이미 단우 노야의 모든 공격을 감당해 낼 정도로 크게

성장했다.

독고무의 입에서 거친 함성이 터져 나오고 영혼의 단짝이라 할 수 있는 군림도가 무겁게 움직였다.

군림도에서 흘러나온 묵류가 독고무의 전신을 에워싸며 사방으로 뻗어 나갔다.

묵류가 움직이는 방향을 따라 흙먼지 또한 춤을 추었다.

꽈꽈꽈꽝!

천마수에서 발출된 장력과 독고무가 뿜어낸 묵류가 부딪치는 소리는 가히 태산이 무너지는 것과 비견될 정도로 거대했다.

충격의 여파가 사그라들 즈음 단우 노야의 입에서 뜻밖의 말이 흘러나왔다.

"제법이군."

비록 적이라 할지라도 단우 노야 정도의 실력자에게 인정을 받는다는 것은 한 사람의 무인으로서 자부심을 가져도 충분할 터.

그러나 단우 노야의 모든 것을, 느긋한 행동이며 말투, 오만한 표정, 심지어 숨 쉬는 모습조차 끔찍하다 생각하고 있는 독고무의 반응은 전혀 달랐다.

"닥쳐!"

거칠게 외친 독고무의 신형이 허공으로 치솟고 천마조

사가 담긴 패천무극도의 후삼초 중 하나 천마탄(天魔彈)이 세상에 모습을 드러냈다.

군림도에서 치솟은 무수한 도강이 단우 노야를 노렸다.

하나가 아니었다.

마치 둥근 고리 모양으로 형상화된 수십, 수백의 도강이 어둠을 밝히며 주변을, 천하를 집어삼켰다.

단우 노야는 노도처럼 밀려드는 도강을 보면서도 전혀 당황하지 않았다.

그는 부드럽게 천마수를 휘두르고 느긋하게 발걸음을 내디디며 자신에게 접근하는 도강을 하나씩 하나씩 완벽하게 받아냈다.

거대한 충돌음, 충격파가 주변을 휩쓸었지만 정작 그 힘을 오롯이 받아낸 단우 노야는 건재했다.

자신의 공격이 힘없이 무력화되는 것을 목도한 독고무가 이를 꽉 깨물었다.

지면에 내려선 독고무가 힘차게 한 걸음을 내디뎠다.

쿠웅!

묵직한 충격음과 함께 땅이 흔들렸다.

주변의 공기가 일시에 그를 향해 몰리는가 싶더니 앞으로 뻗어나가는 군림도를 따라 맹렬히 소용돌이치며 폭발했다.

"천마포(天魔砲)!"

군림도에서 발출된 한 줄기 강기가 소용돌이를 뚫고 단우 노야에게 향했다.

독고무의 내력을 압축하고 응축시킨 힘.

폭발적인 위력 앞에 천마탄을 비교적 여유 있게 막아낸 단우 노야의 표정마저 살짝 굳을 정도였다.

단우 노야는 신중하게 천마수를 움직이며 독고무의 공격에 정면으로 맞섰다.

자신감이 넘치는 얼굴이다.

천하의 그 어떤 공격도 천라건곤수(天羅乾坤手)를 뚫어 내지는 못할 것이라는 확고한 믿음이 있었다. 거기에 천마수라는 기물까지 함께였으니 그 위력은 배가 될 터였다.

한데 결과는 참담했다.

천마포, 독고무의 모든 힘이 압축된 강기는 단우 노야가 예상한 것보다 훨씬 강력한 힘을 지니고 있었다.

단우 노야가 자신 있게 시전한 천라건곤수는 소용돌이를 뚫고 모습을 드러낸 강기를 완전히 제어하지 못했다.

오히려 충격을 고스란히 받아낸 천마수가 그 힘을 감당하지 못한 채 단우 노야의 손에서 이탈하고 말았다.

그것으로도 부족해 방향을 바꾼 강기는 단우 노야의 왼쪽 어깨를 완전히 뭉개 버렸다.

자신의 의지와는 상관없이 뒷걸음질을 친 단우 노야는 땅바닥에 굴러떨어진 천마수를 보며 얼굴을 일그러뜨렸다.

어깨에서 밀려오는 고통 때문이 아니었다.

방금의 일격으로 인해 오만했던 자존심이 산산조각 난 것이었다.

그렇다고 단우 노야가 순순히 당한 것만은 아니었다.

천마수가 이탈하고 어깨가 뭉개지는 순간에도 반격을 꾀한 그는 회심의 공격을 성공시킨 뒤 약간의 방심을 한 독고무의 가슴에 일격을 날릴 수 있었다.

기세등등하던 독고무가 패천무극도 후삼초의 마지막 초식을 펼치지 못하고 한참이나 뒤로 물러나 피를 토한 것이 바로 그런 이유였다.

"많… 이 컸구나, 애송이."

단우 노야의 입가에 섬뜩한 미소가 걸렸다.

붉게 변한 눈동자, 전신에서 피어난 혈기가 이미 주변을 잠식하고 있었다.

"닥치라니까 노물!"

독고무는 단우 노야와 말을 섞는 것 자체를 혐오했다.

"크크크크!"

단우 노야의 입에서 소름 끼치는 괴소가 흘러나왔다.

눈빛이나 표정은 이미 그가 아니었다.

과거 단우 노야에게 당해 정신을 잃고 있었을 때 천마수의 마기에 사로잡힌 단우 노야가 어떻게 변했고 또 어떤 일이 벌어졌는지 수하들로부터 똑똑히 전해 들은 독고무의 표정이 심각하게 변했다.

지금이 그랬다. 수하들의 설명과 한 치의 다름도 없는 모습에 독고무는 자신도 모르게 땅에 떨어진 천마수에 시선을 주었다.

천마수를 벗었음에도 마기에 사로잡힌 단우 노야를 보며 독고무는 천마수가 얼마나 지독한 마물인지 새삼 깨달을 수 있었다.

독고무가 긴장감을 참지 못하고 침을 꿀꺽 삼켰다.

마기에 사로잡혔던 단우 노야가 얼마나 끔찍한 힘을 발휘했는지를 떠올린 것이다.

하지만 지금 단우 노야의 상황은 독고무가 생각하는 것과는 조금 달랐다.

과건 무공을 잃고 처음 천마수를 접했을 때 단우 노야가 천마수의 마기에 사로잡힌 것은 사실이다.

하지만 그 이후, 무공을 되찾는 과정에서 단우 노야는

천마수의 마기를 제거하기 위해 필사적인 노력을 했고 역천혈류사혈공이라는 희대의 사공을 대성하면서 과거의 무공을 회복하는 것은 물론이거니와 천마수의 마기에서 완벽하게 벗어났다.

다만 진유검에 의해 철저하게 망가진 단전만큼은 역천혈류사혈공의 공능으로도 완벽하게 치료가 되지 않았다.

시간이 흐르면 단전에 모였던 내력이 안개처럼 흩어지는 현상이 반복되었는데 이는 그의 단전을 망가뜨린 진유검의 기운이 단우 노야의 기운과 완전한 상극이기 때문이었다.

단우 노야는 힘을 잃지 않기 위해 어쩔 수 없이 누군가의 정혈과 내력을 끊임없이 갈취하며 사라지는 내력을 채워 넣어야 했는데 이때의 그는 천마수의 마기에 사로잡혔을 때 이상으로 피를 원하는 괴물로 변하고 말았다.

이는 역천혈류사혈공 자체가 지닌 사기에 더해 단우 노야의 힘이 약해진 틈을 타 존재감을 드러내는 천마수의 마기 때문이었다.

바로 지금이 그때였다.

독고무와의 격전이 이어지고 내력이 급격히 흩어지기 시작하자 몸속에 잠재해 있던 사기와 마기가 기지개를 폈다. 때마침 가볍지 않은 부상까지 당하는 바람에 억눌렀던

흉성이 폭발한 것이다.

단우 노야가 크게 팔을 휘두르자 붉은 기운이 해일처럼 밀려들었다.

조금 전, 천마수를 착용했을 때 시전한 무공과 외형적으론 큰 차이가 없음에도 느껴지는 기운은 전혀 달랐다.

전자가 강맹한 힘에 파괴적이라면 후자는 거기에 더해 전신의 솜털이 곤두설 만큼 사이함이 느껴졌다.

단우 노야의 공격이 이전과는 전혀 다른, 감당키 힘든 힘이 깃들어 있음을 간파하고 독고무는 군림도를 곧추세운 뒤 전신 내력을 한계까지 끌어 올렸다.

독고무의 전력이 담긴 군림도에서 웅장한 도명이 흘러나왔다.

그 찰나, 단우 노야가 발출한 장력이 군림도와 정면으로 충돌했다.

꽈꽈꽈꽝!

꽝! 꽝! 꽝!

천지가 무너지는 듯한 굉음에 이어 엄청난 충격파가 사방을 휩쓸었다.

전력을 다해 단우 노야의 공격을 막아낸 독고무가 그 반탄력을 이용하여 허공으로 치솟더니 천마탄을 날리며 역공을 펼쳤다.

필사적으로 군림도를 휘두르는 독고무의 얼굴은 안쓰러울 정도로 일그러진 상태였다.

단우 노야의 손에서 천마수를 날려 버리고 어깨를 뭉개버릴 때 당했던 부상에 이어 방금 전의 충돌에서도 심각한 내상을 당하고 말았다.

그 상황에서 정상적인 몸으로도 펼치기 부담스러운 패천무극도의 후삼식을 펼치려다 보니 심각할 정도의 무리가 따랐다.

하지만 몸을 돌볼 여유 따위는 없었다.

그저 아무렇게나 휘두르는 손짓 하나에도 목숨을 위협받을 정도로 단우 노야의 기세가 살벌했고 그나마 패천무극도의 후삼식만이 단우 노야의 공세를 감당할 수 있었기 때문이었다.

그 또한 착각이었다.

역천혈류사혈공을 운용하며 이성적인 끈을 놓아버린 채 오직 파괴와 죽음, 그리고 상대의 정혈과 내력을 갈취하려는 생각에 사로잡힌 단우 노야의 힘은 독고무의 예상을 훌쩍 뛰어넘어 버렸다.

천라건곤수를 이용하여 독고무가 날린 도강을 모조리 무력화시킨 단우 노야는 어느새 독고무의 머리 위까지 치솟아 올라 위에서 아래로 손을 내리그었다.

파스스슷!

손끝에서 솟구친 붉은 검이 독고무의 머리 위로 떨어졌다.

당황한 독고무가 다급히 군림도를 추켜올렸다.

쫭!

강력한 충돌음과 충격.

단우 노야의 내력을 감당치 못한 독고무의 신형이 힘없이 고꾸라졌다.

땅에 처박히는 독고무의 등 뒤로 붉은 기류가 휘몰아쳤다.

간신히 중심을 잡고 지면에 내려선 독고무는 미친 듯이 몸을 굴리는 굴욕을 감수한 뒤에야 단우 노야가 뿌린 장력에서 간신히 목숨을 건질 수 있었다.

하지만 독고무가 움직일 방향을 미리 예측한 단우 노야가 회심의 일격을 날렸다.

이미 만신창이가 된 상태였던 독고무는 그 공격을 완벽하게 막아내지 못했다.

"크악!"

튕겨 나가는 독고무의 입에서 외마디 비명이 흘러나왔다.

그를 따라 몸을 날린 단우 노야가 손을 뻗었다.

용의 발톱처럼 날카롭게 빛나는 다섯 손가락이 독고무의 심장을 노리며 짓쳐 들었다.

중심도 제대로 잡지 못하고 바닥을 구르던 독고무는 단우 노야의 공격을 확인했음에도 아무것도 할 수가 없었다. 이미 손가락 하나 까딱할 힘도 그에겐 남지 않았다.

"비… 러… 머글!"

죽음을 직감한 독고무가 질끈 눈을 감았다.

그 순간, 뜨거운 액체가 얼굴을 적셨다.

그것이 피라는 것은 본능적으로 알 수 있었다.

고통이 없었다.

이상한 느낌에 눈을 뜬 독고무는 가슴이 뚫린 채 미소를 짓고 있는 진산우를 볼 수 있었다.

"하, 할아버님!"

독고무가 놀라 부르짖었다.

"도망… 치거라."

진산우가 처연한 미소를 지으며 말했다.

"이, 이게 무슨……"

충격에 사로잡힌 독고무는 어찌할 바를 몰랐다.

"어… 서 도망을 컥!"

독고무에게 도망을 치라 재촉하던 진산우의 입에서 외마디 비명이 흘러나오더니 힘없이 고개가 꺾였다.

뒤쪽에서 가슴을 꿰뚫었던 단우 노야의 손이 그의 심장을 뜯어버린 것이었다.

"할아버님!"

또 한 번의 핏줄기가 얼굴을 적실 때, 독고무의 참담한 울부짖음이 터져 나왔다.

"으아아아아!"

군림도를 잡은 손에 힘이 들어갔다.

피에 젖은 옷이 미친 듯이 펄럭였다.

독고무의 전신에서, 군림도에서 뿜어져 나오는 묵기가 단우 노야의 기세를 순식간에 밀어냈다.

독고무는 칠공에서 피를 흘리면서 군림도를 휘두르기 시작했다.

패천무극도의 절초들이 연속으로 펼쳐졌다.

마치 하나의 초식인 듯 연계되어 펼쳐지는 패천무극도 후삼초의 위력적인 힘에 단우 노야는 변변한 반격도 하지 못하고 연신 뒷걸음질을 쳐야 했다.

꽝! 꽝! 꽝!

거대한 충돌음이 지축을 흔들고 그때마다 단우 노야의 몸이 거세게 휘청거렸다.

하지만 거기까지였다.

진산우의 죽음으로 인해 폭주를 시작한 독고무는 한 줌

남지도 않은 내력은 물론이고 선천진기까지 모조리 끌어
내며 투혼을 불태웠음에도 결과적으로 단우 노야를 어쩌
지는 못했다.

패천무극도 후삼초의 마지막 초식이자 아직은 미완인
천마혼(天魔魂)까지 펼치고도 승리를 거두지 못한 독고무
의 기세는 급격하게 사그라들었다.

"괴… 물 같은 늙은이."

칼을 들 힘도 없었던 독고무는 군림도를 축 늘어뜨리곤
천천히 거리를 좁혀오는 단우 노야를 죽일 듯 노려보았
다.

하나 더 이상은 뭔가를 해볼 여지가 남아 있지 않았다.

'미안하다.'

독고무는 환히 웃는 진유검의 얼굴을 떠올리며 다시금
눈을 감았다.

*   *   *

"괜찮은가?"

희천세가 분노 가득한 얼굴로 물었다.

약간 상기된 표정으로 싸움을 지켜보던 제갈명이 가만
히 고개를 끄덕였다.

"저는 괜찮습니다만 너무 많은 피해가 발생했습니다."

제갈명은 주변에 널브러진 무수한 시신들을 보며 한숨을 내쉬었다.

단우종과 송강 등이 지존각에 난입할 때 그들을 막다 목숨을 잃은 자가 무려 오십여 명에 육박할 정도였다.

"저 불길도 놈들의 짓이겠지?"

희천세가 붉은빛을 띠는 서쪽 하늘을 가리키며 물었다.

"아마도 그럴 것입니다. 우리의 시선을 분산시키기 위함일 테니까요. 충분히 성공을 했고요. 그나저나 괜찮으십니까?"

제갈명이 피로 물든 희천세의 가슴을 걱정스레 바라보며 물었다.

"괜찮네. 급소는 비껴 맞았어."

"그만하시길 천만다행입니다."

"하지만 노부를 지키기 위해 혜연 대사와 철혈신군, 매검향 장로가 목숨을 잃었네. 중상을 입은 자들도 상당하고."

희천세는 자객들과 치열한 혈투를 벌이다 쓰러진 이들을 떠올리며 더없이 슬픈 표정을 지었다.

특히 자신으로 오인을 받고 가장 먼저 목숨을 잃은 친우

매검향의 죽음은 단순한 슬픔이 아니라 고통으로 가슴을
짓눌렀다.

"더욱 안타까운 것은 노부의 처소를 급습했던 세 놈의
암살자 중 단 한 놈도 잡지 못했다는 것이야."

희천세를 노렸던 암살자는 모두 셋.

사도참은 두 사제가 소란을 일으키는 틈을 이용해 희천
세를 암살하려 했지만 착각으로 인해 희천세가 아닌 장로
매검향을 암살하고 말았다.

자신의 실수를 인지한 사도참은 곧바로 희천세를 찾았
다.

그러나 그렇잖아도 갑작스러운 불길로 인해 소란스웠던
장로전은 암살자들의 침입으로 발칵 뒤집힌 상태였다.

일이 틀어졌다고 느낀 사도참은 두 사제와 함께 곧바로
탈출을 시도했다.

그 과정에서 희천세와 심도 있는 대화를 나누고자 장로
전을 방문했던 혜연 대사가 목숨을 잃었고 무황성에 누구
보다 충성심이 깊었던 철혈신군마저 사도참의 검에 목숨
을 잃고 말았다.

또한 주변에서 몰려든 경계병 이십여 명 또한 순식간에
목숨을 잃었다.

암살자들 또한 크고 작은 부상을 당한 것이 확인되었으

나 결국 단 한 명도 잡지 못하는 불상사가 발생하고 말았다.

노기충천한 희천세는 지존각에도 암살자들이 방문을 했다는 소식을 듣자마자 지혈도 제대로 하지 못한 채 달려왔다.

"그래도 이곳은 낫군."

희천세는 거세게 몰아치는 갈천상의 공격에 맞서 최후의 발악을 하고 있는 송강을 매섭게 노려보았다.

"세 놈이 더 있다고 들었네."

"하나는 이미 목숨을 잃었고 둘이 탈출에 성공했지만 곧 잡힐 것입니다."

제갈명은 탈출에 성공한 자들을 추격하는 공손민을 떠올리며 주먹을 꽉 쥐었다.

지금도 당시의 충격적인 장면이 뇌리에서 지워지지 않았다.

지존각을 침범했던 암살자, 산외산의 고수들은 제갈명이 보기에도 보통 고수가 아니었다.

무황성의 어지간한 장로는 눈에 차지도 않을 정도로 대단한 기세를 뿜어대는 그들을 보며 제갈명은 최악의 경우를 생각했다.

설사 구원군이 온다고 해도 자신의 목숨은 이미 떨어진

후라 여겼다.

그런데 구원의 빛은 바로 옆에 있었다.

욕설과 함께 몸을 날린 공손민의 검에 단우종의 뒤를 따라 다가오던 곽무가 치명적인 부상을 당하면서 상황은 급변했다.

곽무를 요격하는 데 성공한 공손민은 곧바로 목표를 바꿔 단우종을 노렸다.

이후, 갈천상과 공손예의 공격까지 시작되자 단우종과 그 일행은 크게 당황하고 말았다.

그들 개개인의 실력이 갈천상과 공손예에 비해 약한 것은 아니었다.

갈천상은 몰라도 공손예의 실력은 그들과 비교해 제법 차이가 날 정도였다.

그러나 공손민의 기습적인 공격에 곽무가 큰 부상을 당한 데다가 거기에 지존각에서 벌어진 소란을 전해 듣고 곳곳에서 지원군까지 달려오며 상황은 최악으로 치달았다.

갈천상과 치열하게 싸움을 펼치던 송강은 이대로 시간을 끌면 답이 없다고 판단하곤 품에 지니고 있던 벽력탄을 터뜨려 지존각을 아예 날려 버렸다.

벽력탄이 폭발하기 직전 곽무를 등에 업고 지존각에서

탈출한 단우종은 전력을 다해 포위망을 뚫어냈다.

다만 갈천상에게 덜미를 잡힌 송강과 단우종이 포위망을 뚫는 동안 공손민과 맞섰던 사요혼은 어쩔 수 없이 적진에 남을 수밖에 없었다.

단우 노야의 제자 중 다소 실력이 떨어진다고 여겨진 사요혼은 공손민의 날카로운 검에 얼마 버티지 못하고 목숨을 잃었고 사요혼의 목숨을 빼앗은 공손민은 그 즉시 탈출자들을 쫓기 시작했다.

홀로 남은 송강 역시 최후의 순간을 앞두고 있었다.

서걱!

송강의 잘린 팔이 허공으로 튀어 오르고 절단면에서 피가 솟구쳤다.

챙그랑.

땅에 떨어진 검이 요란한 소리를 내며 나뒹굴었다.

완벽하게 승기를 잡은 갈천상의 검은 비틀거리며 뒷걸음질 치는 송강을 그대로 두지 않았다.

단우 노야와 그의 추종자들에겐 갚아야 할 빚이 너무도 많았다.

"으아악!"

처절한 비명과 함께 나머지 팔도 허공으로 솟구쳤다.

그 팔이 땅에 떨어지기도 전, 두 다리가 무릎 어귀에서 잘려 나갔다.

쿵!

사지가 잘린 송강이 힘없이 고꾸라졌다.

고통이 극에 이른 것인지 송강의 입에서 비명 소리조차
나오지 않았다.

그저 피가 솟구칠 때마다 몸이 움찔거리는 것이 반응의
전부였다.

제갈명을 비롯한 무황성의 무인들은 끔찍한 송강의 모
습에 혀를 차며 고개를 돌려 버렸지만 최근 두 언니를 잃
은 원한이 하늘까지 닿아 있던 공손예는 눈 하나 깜짝하지
않고 송강의 최후를 지켜봤다.

검을 거두고 송강에게 다가간 갈천상이 발을 치켜들었
다.

천근추를 이용해 내려밟은 그의 발은 송강의 가슴을 완
전히 짓뭉개고 심장을 갈가리 찢어버렸다.

심장이 파괴되며 뿜어진 피가 다리를 흠뻑 적셨음에도
갈천상은 눈썹 하나 까딱하지 않았다.

지금의 행동은 단우 노야에게 가슴이 꿰뚫려 죽은 자들
에 대한 나름의 복수였기 때문이었다.

"적이지만 정말 대단합니다."

제갈명의 입에서 감탄사가 흘러나왔다.

백발을 휘날리며 우뚝 선 갈천상의 모습은 절로 머리가 숙여질 정도로 위엄이 있었다.

"인정을 안 할 수가 없겠지. 그나저나 참으로 운이 좋았네. 저들이 없었다면 자네는……."

희천세는 갈천상이 그들을 향해 다가오자 말을 줄였다.

"괜찮소?"

갈천상이 물었다.

"제가 문제가 있을 리가 없지요."

제갈명이 쓴웃음을 지으며 고개를 숙였다.

"감사합니다. 덕분에 못난 목숨을 구했습니다."

"애당초 공존할 수 없는 놈들이니 마음에 담아두지 마시오. 오히려 조금이나마 빚을 갚을 수 있는 기회가 되었으니 인사는 오히려 우리 쪽에서 해야 할 것 같소."

"한데 놈들이 군사님만 노린 것은 아닌 듯싶군요."

갈천상 곁으로 다가온 공손예가 희천세의 부상을 살펴보며 말했다.

"예, 대장로님께도 암살자들이 왔었다고 합니다."

"놈들은 어찌 되었소?"

갈천상의 반문에 제갈명과 희천세의 낯빛이 살며시 붉어졌다.

"모두 도주했습니다."

"흐음."

갈천상의 입에서 나직한 탄식이 흘러나왔다. 그 탄식에 제갈명과 희천세의 얼굴빛이 더욱 붉어졌다.

분위기가 이상해진다고 여긴 공손예가 슬쩍 끼어들었다.

"그래도 저들이 목표로 한 두 분께서 무사해서 정말 다행입니다."

"그렇긴 합니다만 피해가 너무 크군요."

제갈명이 한숨을 내쉬며 말을 이었다.

"불을 질러 내부를 혼란케 한 것이 컸습니다. 양동작전에 제대로 당한 것이지요."

"불길도 어느 정도는 잡힌 것 같네."

희천세가 서쪽 하늘을 잠식하고 있던 불길이 상당히 약해진 것을 보며 말했다.

"예, 이쪽도 그렇지만 저 불로 인한 피해도 만만치 않을 것 같습니다. 집계를 해봐야 알겠지만 만약 물자 창고가 불에 탔다면……."

생각만으로도 끔찍한지 제갈명의 미간이 제대로 찌푸려졌다.

그때였다.

그들을 향해 한 사내가 죽을힘을 다해 달려왔다.

그의 복장이 사공세가의 것이라는 것을 확인한 제갈명의 안색이 일그러졌다.

적들이 자신과 임시 성주를 노렸다면 사공추 또한 노릴 가능성이 다분했기 때문이었다.

"암습을 당했는가?"

제갈명이 사내가 도착하기도 전에 소리치듯 물었다.

"그, 그렇습니다."

"가주께선, 가주께선 무사하신가?"

제갈명의 물음에 사내는 얼떨결에 고개를 끄덕였다.

"예, 무, 무사하십니다."

"하아! 다행일세. 천만 다행이야."

맥이 탁 풀린 것인지 제갈명의 신형이 잠시 휘청거렸다.

안신을 하기엔 아직 일렀다.

"하, 한데 암습을 당한 곳은 본가가 아닙니다."

"무슨 소리냐? 사공세가가 아니라니?"

희천세가 당황하여 물었다.

"공격을 당한 곳은 본가가 아니라 의협진가입니다."

사내의 말에 제갈명과 희천세는 경악을 금치 못했다.

"지, 지금 뭐라 했느냐? 의협진가라 했느냐?"

"그렇습니다."

제갈명이 사내의 옷깃을 거칠게 틀어쥐었다.

"그래서, 그래서 어찌 되었나? 어서 말을 하게."

"태상가주님께서……."

사내는 말을 잇지 못했지만 그 말을 이해하지 못한 사람은 없었다.

"어찌 이런 일이……."

양팔을 축 늘어뜨리는 제갈명의 안색은 백짓장보다 하얗게 변했다.

"어서 가보세나."

희천세가 떨리는 음성으로 말하며 몸을 날렸다.

간신히 정신을 수습한 제갈명이 그 뒤를 따르고 잠시 멈칫하던 공손예와 갈천상도 의협진가가 머무는 천음각을 향해 발걸음을 놀렸다.

그들이 도착했을 때 천음각에서 벌어진 싸움은 이미 끝이 난 상태였다.

천음각의 주변 상황은 상상 이상으로 처참했다.

천음각은 건물이라 할 수 없을 정도로 완벽하게 초토화되어 무너져 내렸고 수십 구가 넘는 주검이 곳곳에 널려 있었다.

"가주님!"

제갈명이 우두커니 서서 무너진 천음각을 바라보는 사공추를 불렀다.

격전이 있었는지 사공추의 몸 곳곳에 혈흔이 보였다. 안색도 창백하고 입가에 핏줄기가 보이는 것이 상당한 내상을 당한 것 같았다.

"왔는가?"

뒤를 돌아본 사공추가 제갈명과 희천세의 모습을 확인하곤 반색했다.

"그쪽에도 암습이 있었다고 들었네. 무사한 것을 보니 정말 다행이군."

"루외루에서 오신 분들 덕분에… 운이 좋았습니다. 한데 가주께서 어찌 이곳에……."

"의협진가가 공격을 받고 있다는 소식을 듣고 급히 달려왔네. 서두른다고 서둘렀는데도 결국……."

사공추가 침울한 표정을 지으며 말을 줄였다.

"태상가주께서 놈들께 당하셨다고 들었습니다."

"맞네. 그 노물의 몸이 정상이었다면, 천마교주가 만들어준 부상이 없었다면 노부까지 당했겠지."

"예? 노물은 누구고 천마교주는 또 뭐란 말입니까?"

제갈명이 이해가 가지 않는다는 표정으로 물었다.

"아직 모르고 있었나? 의협진가를 공격한 놈이 바로 그 단우 노야라는 노물이었네."

"맙소사!"

너무 놀란 제갈명이 머리를 부여잡을 때 뒤쪽에 있던 갈천상이 굳은 얼굴로 몸을 내밀었다.

"노물은 어찌 되었소?"

"노부를 공격하며 미친 듯 날뛰다가 결국 도주하고 말았소. 어떻게든지 막아보려 했지만 불가능했소. 대신 그 수하 놈은 다행히 사로잡을 수 있었소이다."

사공추가 정신을 잃고 쓰러진 몽상여를 가리켰다.

갈천상과 공손예는 단우 노야를 놓쳤다는 말에 안타까운 탄식을 내뱉었다.

"한데 천마신교의 교주는 무슨 말씀입니까? 그가 이곳에 있었습니까?"

제갈명이 재차 물었다.

"그렇다네. 노부도 그가 어째서 이곳에 있는지 이해가 가지 않았지만 틀림없는 사실이네. 노부가 조금만 늦게 도착했어도 그 역시 목숨을 잃었을 것이네. 워낙 부상이 심해 장소를 옮겨 치료를 하는 중일세."

"그렇군요. 수호령주와 친분이 두터우니 아마도 태상가주님께 인사를 온 모양입니다. 무황성과의 관계를 생각해서 은밀히 움직인 듯하고요."

제갈명의 말에 다들 고개를 끄덕였다.

"그나저나 큰일일세. 수호령주에게 이 참담한 소식을 어떻게 전한단 말인가?"

희천세가 땅이 꺼져라 한숨을 내쉬자 모두의 표정이 무
겁게 가라앉았다.

83장

약탈꾼

"유, 유검아!"

귀신이라도 본 듯 진소영의 눈이 한없이 커졌다.

커다란 눈동자에 눈물이 고이고 볼을 타고 흘러내리기까지는 금방이었다. 마음고생이 컸는지 얼굴이 말이 아니었다.

볼을 타고 흐른 눈물이 밑으로 떨어지며 품에서 자고 있던 아이의 얼굴에 떨어졌다.

놀란 아이가 울음을 터뜨리자 깜짝 놀란 진소영이 얼른 눈물을 닦고 아이를 얼렀다.

백일도 채 되지 않은 아이는 쉽게 울음을 그치지 않았다.

진유검은 꼬물거리는 아이의 손가락을 잡으며 환하게 웃었다.

"고놈 참 울음소리 한번 우렁차네. 장군감이야."

"여자애야."

진소영이 샐쭉한 표정을 지으며 진유검을 째려봤다.

"그, 그래?"

잠시 당황한 표정을 짓던 진유검이 슬머시 양손을 내밀었다.

"안아봐도 되나?"

"물론이지."

진소영이 활짝 웃으며 조심스레 아기를 넘겼다.

"여자애라고 장군 되지 말란 법 있나? 하면 되는 거지. 안 그러냐?"

아기를 품에 안은 진유검은 제 딴에는 최대한 부드러운 동작으로 아이를 달랜다고 좌우로 흔들어댔는데 오히려 역효과만 났다.

아기는 조금 전과 비교할 수도 없을 만큼 크게 자지러지며 울어댔다.

"뭐 합니까? 애 잡겠습니다."

버럭 화를 낸 전풍이 빼앗듯이 아이를 품에 안았다. 그러곤 믿어지지 않을 정도의 능숙한 솜씨로 아기를 달랬다.

새삼스러운 눈길로 전풍을 바라보는 진유검. 비단 진유검뿐만 아니라 전풍을 아는 모든 이의 두 눈이 휘둥그레졌다.

전풍의 품에 안긴 아기는 울음을 그친 것은 물론이고 어느새 새근새근 잠이 들었다.

"내가 지금 헛것을 보고 있는 거냐?"

곽종이 헛웃음을 흘리며 물었다.

전풍이 아기를 진소영의 품에 돌려주며 코웃음을 쳤다.

"허구한 날 수련만 하던 주군이야 알 리가 없지만 이래 봬도 무영도의 아기 중 내 손을 거치지 않은 아이가 없소. 내 품을 뭐랄까 마치 포근한 바다처럼 여긴다고나 할까요?"

전풍이 거드름을 피우자 진유검이 그의 머리통을 후려치며 말했다.

"포근한 바다고 지랄이고 어딜 더러운 손으로 애를 만져."

꽤나 감정이 담긴 손길에 전풍은 찍소리도 못하고 물러

났다.

"이 녀석이 꽤나 고생을 시켰다고 들었어."

"고생은 무슨."

진소영이 힘없이 웃으며 고개를 저었다.

"아픈 데는 없고?"

"응. 그런데……."

진유검이 진소영의 말을 끊었다.

"대충 얘기는 들었어."

"어떡… 하지? 나 무서워 죽겠어."

애써 밝은 표정을 짓던 진소영이 얼굴이 급격하게 어두워졌다.

목소리가 두려움과 슬픔으로 잠겼고 잠시 멈췄던 눈물이 다시금 볼을 타고 흘러내렸다.

"울지 마. 그러다 또 깨."

진유검이 진소영의 눈물을 닦으며 말했다.

"그이가 실종된 지 벌써 닷새가 지났어. 이러다 정말 영영……."

"쓸데없는 생각은 하지 말고. 아직 시신이 발견되지도 않았다면서."

시신이란 말에 진소영의 몸이 움찔했다.

"그렇긴 하지만……."

"걱정하지 마. 살아만 있으면 어떻게든지 무사히 데려올 테니까."

"유… 검아."

"내가 누군지 잊었어? 나 진유검이야. 요 귀여운 꼬마의 삼촌. 이 녀석을 위해서라도 반드시 구해. 그러니까 걱정하지 마."

진유검이 손끝으로 아기의 볼을 가볍게 어루만졌다. 그저 바라보는 것만으로도 입가에 웃음이 걸렸다.

"그런데 아이 이름이 뭐야?"

"가려, 유가려."

이름을 전해들은 진유검이 헤벌쭉 웃었다.

"이름도 이쁘네."

진유검이 다시금 손을 뻗어 아기의 볼을 쓰다듬었다.

"걱정하지 마. 우리 가려의 아빠는 이 멋진 삼촌이 꼭 구해줄 테니까."

환한 웃음과 함께 손가락을 걸어 약속한 진유검이 천천히 몸을 일으켰다.

그러곤 여전히 울음을 멈추지 못하는 진소영을 달래곤 몸을 돌렸다.

농담을 던지려던 전풍이 황급히 입을 다물었다.

언제 웃음을 지었느냐는 듯 진유검의 얼굴이 살기로 번

들거렸기 때문이었다.

회의실의 분위기는 살얼음 위를 걷기라도 하듯 조심스러웠다.

꽤나 많은 이가 모여 있었으나 저마다 말을 아끼며 한 사람의 눈치를 살폈다.

"…그리고 오늘, 당시 실종된 열두 명이 포로가 되었음을 알려왔습니다."

운호대주 유호가 떨리는 음성으로 설명을 마쳤다.

회의실의 분위기를 무겁게 만든 주범, 진유검이 유호의 말이 끝나자 입을 열었다.

"그러니까 살아 있는 것은 확실하단 말이군요."

"그렇습니다."

"한데 어째서 누님은 그 사실을 알지 못했을까요?"

"마, 말씀드렸다시피 놈들에게서 방금 전 연락이 온지라 미처 알릴 틈이 없었습니다."

유호가 쩔쩔매며 대답했다.

무황의 암살과 불미스러운 일로 엮여 백의종군하게 된 장로 유기를 따라 낭인천을 상대하고 있는 운호대.

형주유가가 자랑하는 정예답게 그들은 낭인천의 파상 공세를 효과적으로 막아내며 명성을 떨쳤고 운호대를 이끈 유호는 서북 지역 젊은이들에겐 흠모의 대상이 되었다.

그럼에도 불구하고 진유검 앞에서 고양이 앞에 쥐처럼 꼼짝하지 못했으니 그가 진유검을 얼마나 어려워하는지 알 수 있었다.

하지만 그건 당연했다.

유호는 운 좋게도(?) 진유검이 이화검문의 전대문주 문일청과 신도세가의 천무진천을 굴복시키는 장면을 제대로 본 사람 중 한 명이었다.

당시의 압도적인 진유검의 무위가 뇌리에 제대로 각인된 터.

게다가 천강십이좌들까지 함께 자리했으니 근래에 얻은 약간의 명성 따위론 감히 경거망동할 수가 없는 것이다.

"한데 이상하군요. 놈들이 어째서 포로에 대해 이쪽에 알려오는 것입니까?"

임소한이 의문 가득한 얼굴로 물었다.

전장에서 포로가 되면 그 자리에서 목숨을 잃는 것이 다반사였고 설사 운이 좋아 목숨을 부지한다고 해도 노예가 되거나 감옥에 갇혀 짐승만도 못한 대접을 받는 것이 일반적이었다.

이렇듯 그들의 거취에 대해 알려오는 것은 상식적으로

이해가 되지 않는 일이었다.

"그건 제가 말씀드리지요."

옥문관을 넘은 낭인천과 가장 먼저 맞서다가 간신히 멸문을 면한 만월문주 담고가 입을 열었다.

"포로 문제를 설명하기에 앞서 낭인천의 본질을 먼저 아셔야 할 듯싶습니다."

"낭인천의 본질이라니요?"

임소한이 반문했다.

"낭인천은 이름 그대로 대막을 주 무대로 삼아 활동하는 마적 떼가 모여 만든 곳입니다. 물론 여타 문파와 비견될 정도로 역사도 깊고 단순한 마적 떼라 할 수 없을 만큼 뛰어난 고수가 많은 곳이기도 하지만 그 본질은 변하지 않지요. 마적 떼의 기본은 약탈입니다. 놈들은 돈이 되는 일이라면 무슨 일이든 마다하지 않습니다. 상단을 털고, 여행객을 죽인 뒤 금품을 빼앗는 것은 물론이거니와 청부 살인, 인신매매도 우습게 생각하는 놈들입니다. 때로는 관부의 손길이 미치지 못하는 마음을 습격하여 모든 것을 휩쓸어 가기도 하지요."

"그런 의미에서 놈들에겐 포로 또한 약탈한 물건처럼 취급되겠군요."

여우희는 담고가 하고자 하는 말을 이해한 듯했다.

"맞습니다. 낭인천 놈들은 전장에서 죽은 이들을 제외하곤 포로를 거의 죽이지 않습니다. 대신 지금처럼 포로의 존재를 알려와 몸값을 받았습니다."

"몸… 값입니까?"

곽종이 어이없는 표정으로 되물었다.

"그렇습니다."

"설마 그것에 응하는 사람들이 있단 말입니까?"

"물론입니다. 그랬기에 놈들이 계속 그런 짓을 하는 것이겠지요."

"어찌 몸값을! 자존심도 없는…….."

곽종이 노한 표정으로 입을 열 때 담고가 정색을 하며 말을 이었다.

"공식적으론 거의 알려지지 않았습니다만 비공식적으로 빈번하게 행해지고 있는 일입니다. 어쩔 수 없습니다. 놈들이 협상을 하지 않을 수 없게 만드니까요."

"협상을 하지 않을 수 없게 만들다니요?"

담고의 표정에 놀란 곽종이 다소 조심스러운 어투로 물었다.

"예를 들어보지요. 곽 대협의 형님께서 놈들에게 포로가 되셨습니다. 몸값을 요구한다면…….."

"당연히 거절할 것입니다. 어찌 돈 따위로 자존심과 명예를 더럽힌단 말입니까?"

"첫 번째 거절에 형님의 귀가 잘려 옵니다."

"예?"

"두 번째 거절에 형님의 팔이 잘려 옵니다. 세 번째 거절에 형님의 다리가 잘려 옵니다. 어찌시겠습니까?"

"그, 그건……."

"인간의 생명력은 참으로 대단합니다. 사지가 잘리고도 숨은 붙어 있으니까요. 결국 십중팔구는 놈들의 요구를 들어줄 수밖에 없습니다."

곽종은 아무런 말도 하지 못했다.

"놈들이 요구하는 돈을 준비하지 못하면 어찌 되는 것입니까?"

진유검의 물음에 담고가 한숨을 내쉬었다.

"놈들은 참으로 영악합니다. 억지를 부리지 않는다고 할까요. 상대편에서 지불할 수 있을 정도의 액수만 부릅니다. 몸값을 책정하기 전에 철저하게 조사를 한다는 것이겠지요. 한마디로 놈들에게 걸리면 빠져나갈 구멍이 없는 것입니다. 그마저도 거부하거나 지불하지 못하면 죽거나 폐인이 되어 멀리 노예로 팔려 갑니다."

"몸값을 지불하면 무사히 돌아오기는 하는 겁니까?"

"살아서 돌아오기는 합니다만 정상적인 몸으로 돌아오

지는 못합니다."

"정상적인 몸이 아니라면 무공이라도 빼앗는다는 말씀입니까?"

"그렇습니다."

담고의 대답에 낭인천의 만행을 처음 접한 천강십이좌들은 분노를 금치 못했다.

"매형께서 포로가 되신 것을 알려왔다면 몸값도 알려왔겠군요."

"그렇… 습니다."

"얼마를 불렀습니까?"

"그, 그게……."

담고는 쉽게 입을 열지 못했다.

"말씀하십시오. 놈들이 매형의 몸값으로 대체 얼마를 불렀습니까?"

비웃음 섞인 웃음과 더불어 진유검의 입술이 살짝 치켜올라갔다. 극도로 화가 났음을 간파한 전풍이 자신도 모르게 몸을 움츠렸다.

"처, 천 냥을 불렀습니다."

담고의 대답에 귀를 곤두세웠던 이들이 안도의 숨을 내쉬었다.

"은자 천 냥이라면 황금으로 오십 냥 정도 되는군요. 엄청난 돈이긴 해도……."

담고가 곽종의 말을 끊었다.

"황금입니다."

"예, 황… 지금 뭐라고 하셨습니까?"

담고의 말을 바로 이해하지 못한 곽종이 두 눈을 꿈뻑이며 되물었다.

"놈들은 황금 천 냥을 요구했습니다."

"미친!"

"제정신이 아니구나!"

상상할 수도 없는 액수에 천강십이좌는 물론이고 낭인천이 요구한 액수를 처음 접한 이들까지 경악을 금치 못했다.

"제 추측으론 아마도 유 대협이 수호령주님과 연관이 있다는 것을 눈치챈 것 같습니다."

"어째서 그렇게 생각하십니까?"

"지금까지의 관례를 보았을 때 낭인천은 포로의 가족, 가문, 문파에서 분명히 지불할 수 있는 액수를 몸값으로 요구했습니다. 하지만 유 대협 몸값은 터무니없이 비쌉니다. 유 대협과 같은 항렬의 무당파 제자가 사로잡혔을 때 요구한 몸값이 황금 이십 냥이라는 것을 감안했을 때 도저히 이해가 가지 않는 액수지요. 그렇다고 조그만 무관을 하는 유 대협의 집안에 돈이 많은 것도 아닙니다. 결국 황금 천 냥을 요구했다는 것은 그가 의협진가, 나아가 수호령주님과 연관이 있다는 것을 확실히 파악을 했기 때문에 요구한 것이라 할 수 있습니다."

"그럴 가능성이 높겠군요."

진유검이 이해했다는 듯 고개를 끄덕였다.

"상황은 대충 이해했습니다만 이쯤에서 궁금한 것이 있군요."

"말씀하십시오."

"담 문주님의 말씀을 듣고 추측건대 낭인천에 꽤나 많은 몸값을 지불한 것 같습니다. 물론 비공식적으로요."

잠시 멈칫한 담고가 이내 고개를 끄덕였다.

"그렇습니다."

"한데 정녕 다른 방법은 없는 것입니까?"

"다른 방법이라면……."

"몸값이 아니면 그들을 구해낼 방법이 없었느냐는 것입니다. 문파의 자존심과 명예를 목숨처럼 여기는 화산이나 무당파가 놈들에게 순순히 몸값을 지불하지는 않았을 것 같은데 말이지요."

"그게 말처럼 쉽지 않습니다. 몇 번의 시도가 있었습니다만 모조리 실패하고 말았습니다. 포로들을 구출하기 위해 투입됐던 인원도 많은 희생을 당했는데 그랬음에도 단한 명의 포로도 구출하지 못했습니다. 그렇게 몇 번을 실패하고 나니 다시 시도를 할 엄두를 내지 못하는 상황입니다."

"흠."

진유검의 입에서 묘한 탄식이 터져 나왔다.

진유검은 물론이고 천강십이좌들의 표정엔 제대로 된 고수들을 동원하지 않았기에 실패했다는 힐난이 섞여 있었다.

"참고로 위에서 지침이 내려와 있습니다."

"위라면 서북무림 연합의 수장들을 말씀하시는 겁니까?"

"예."

"어떤 지침입니까?"

"유 대협의 실종 사건은 수뇌부에서도 심각하게 다루고 있던 사안입니다. 그가 만약 포로가 되었다면 놈들의 요구를 무조건 수용하라는 지침이었습니다."

서북무림 연합군 수뇌부의 말을 전하는 담고의 안색이 살짝 붉어졌다.

순간, 진유검이 눈살을 확 찌푸렸다.

"그건 못 들은 것으로 하겠습니다."

"하지만……."

"마적 떼와 그것도 몸값 따위로 협상할 생각은 없습니다."

진유검은 단호했다.

그의 전신에서 뿜어져 나오는 폭발적인 기세에 아무도 반대하지 못했다.

"제가 직접 구출하겠습니다. 매형께서 어디에 감금되어 있는지 파악이 되었습니까?"

"아직 파악하지 못했습니다."

유호가 송구한 표정으로 대답했다.

파악한다고 하더라도 절대 구출할 수 없다는 말을 하고 싶었지만 차마 입이 떨어지지 않았다.

"알겠습니다. 대신 정확하게 어디에서 실종이 된 건지 다시 한 번 설명을 해주십시오. 그곳에서부터 실마리를 풀어나가겠습니다. 참고로 저와 동료들은 이곳에 도착하지 않은 것으로 하셨으면 합니다."

"예, 함구령을 내리도록 하겠습니다."

유호가 대답을 했지만 진유검은 자신이 부탁이 잘 지켜질 것이란 기대는 애당초 하지 않았다.

*　　　*　　　*

"크하하하하! 이것 참. 아주 제대로 얻어걸렸구나."

낭인천 장로 구포가 터뜨린 웃음에 지붕이 들썩였다. 함께 술을 마시는 수하들의 표정 역시 무척이나 들떠 있었다.

"놈들에게 통고는 했느냐?"

"예, 놈의 신병을 우리가 확보하고 있음을 알렸으니 지금쯤 어찌해야 할지 몰라 골머리를 썩이고 있을 겁니다."

얼굴을 가득 덮은 흉터로 인해 흉신악살은 저리 가라 할 정도로 무시무시한 인상을 지닌 초무량이 공손히 대답했다.

"크흐흐흐! 아무리 고민을 해봐야 답은 이미 나와 있다. 의협진가의 사위야. 수호령주의 매형이고. 무황성 놈들은 절대로 놈을 포기하지 못할 것이다."

"놈들이 구출을 시도할 수도 있습니다."

초무량 곁에 있던 인해가 우려 섞인 표정으로 말했다.

"구출? 그게 가능하다고 생각하냐?"

구포가 가소롭다는 듯 웃으며 되물었다.

"물론 지금까지 많은 시도가 있었고 단 한 번도 성공한 예가 없다지만 이번엔 조금 상황이 다를 수 있다고 봅니다. 수호령주의 인척입니다. 놈을 구출하기 위해 무황성에서도 최선을 다할 것입니다."

"그러니까 놈들이 최선을 다해서 돈을 마련할 것이란 말이다. 구출? 만에 하나 실패라도 하면 그 뒷감당을 어찌하려고. 절대로 못 해."

"그렇긴 합니다만……."

인해가 떨떠름한 표정으로 입을 다물었다.

'만약 수호령주가 직접 나선다면 어찌 되는 것입니까?'라는 말이 목구멍까지 치솟았지만 구포의 흥분된 모습을 보아 욕이나 먹지 않으면 다행이란 생각에 애써 삼켰다.

"흐흐흐! 천 냥이다, 천냥. 다른 떨거지들까지 합치면 조금 더 늘어나겠지. 무량아."

"예, 장로님."

"그 돈이면 몇 놈이나 더 충원할 수 있느냐?"

"나름 실력 있는 놈들로 오십 명 정도는 충분하다 봅니다."

이미 계산이 끝났다는 듯 초무량이 바로 대답했는데 생각했던 숫자가 아닌지 구포의 얼굴엔 실망감이 깃들었다.

"오… 십 명? 고작 오십뿐이더냐?"

"어쩔 수 없습니다. 평소라면 백 명은 능히 끌어들일 수 있겠지만 전쟁 중이라는 깃을 알기에 전체적으로 몸값이 많이 올랐습니다."

"버러지 같은 놈들. 쥐새끼처럼 눈치를 살피는 것이 꼭 누구를 닮았구나."

구포의 말에 초무량과 인해는 쓴웃음을 지으며 고개를 돌렸다.

구포가 말하는 사람이 그와 앙숙 중의 앙숙인 장로 호방임을 알기 때문이었다.

"그 쥐새끼가 이번에 얼마나 충원을 했다고 했지?"

"스무 명 정도입니다."

"흠, 그 정도라면 이제 독비단(毒匕團) 따위는 상대도 되지 않겠군. 별동대 전력이긴 하지만 이번에 제대로 충원만 하면 놈에게 빼앗긴 자리를 되찾을 수 있겠어."

구포가 흡족한 미소를 지으며 고개를 끄덕였다.

낭인천의 수뇌부는 천주 이하 열다섯 명의 장로로 이뤄져 있었다.

태상장로를 포함하여 장로 중 가장 연로한 세 명의 장로는 낭인천주의 고문 역할을 했고 나머지 열두 명의 장로는 자신의 별호를 본딴 전투단을 직접 이끌었다.

각 전투단은 숫자는 정확히 백 명으로 동일했지만 지닌 힘은 극명한 차이가 났다.

가령 서열 일 위이자 최강을 자랑하는 창천묵검(蒼天墨劍) 위화룡이 이끄는 묵검단(墨劍團)은 최하위인 구포가 부리는 앙천단(仰天團)과 바로 위 서열인 호방의 독비단을 합친다고 해도 싸움 자체가 되지 않을 정도로 압도적인 힘을 보유했다.

서열은 일 년에 한 번씩 낭인천에 속한 모든 이가 모여 펼치는 축제에서 실력을 겨뤄 다시 정하게 되는데 하위권에선 종종 순위가 변하긴 해도 상위권의 서열은 사실상 고착화되어 있다고 해도 과언은 아니었다.

각 전투단은 그 휘하에 별동대를 두어 힘을 키울 수 있었는데 별동대는 낭인천에 속하지 않으면서 돈에 의해 고용된 자들로 그 숫자는 딱히 정해져 있지 않았다.

또한 본대에 결원이 생겼을 때 인원을 충원하기 위한 수단으로도 쓰였는데 비용은 오롯이 전투단의 책임이었다.

"아참, 천주님께 보고는 올렸지?"

"예, 확인되자마자 전서구를 띄웠습니다."

인해가 대답했다.

"잘했다. 포로들의 처리 문제는 전적으로 우리에게 일임하셨다지만 수호령주의 인척이라면 반드시 보고해야 할 거물이니까. 자, 이제 기다려 보자꾸나. 놈들이 얼마나 신속하게 몸값을 준비하는지 말이다. 크하하하하!"

구포의 웃음이 지붕을 뚫고 하늘까지 치솟았다.

　　　　　*　　　　　*　　　　　*

　옥문관을 넘고 서북무림을 초토화시키며 전진하던 낭인
천의 발걸음이 멈춘 곳은 위하(渭河)를 중심으로 넓게 펼쳐
진 관중평원(關中平原)에 이르렀을 때였다.

　무당과 화산, 종남파에 무황성 서안 지부가 중심이 된
서북무림 연합군은 평야 지대에서 낭인천과 싸우는 것을
가급적 피하고 관중평원에서 중원으로 이어지는 요소요소
의 길목을 틀어막고 필사적인 대항을 했다.

　덕분에 파죽지세로 내려오던 낭인천은 관중평원에 발이
묶인 채 좀처럼 전진을 하지 못하고 있었다.

　멀리 종남산을 바라보고 있는 초지.

　백여 필의 말이 자유롭게 노닐며 풀을 뜯었고 그보다 훨
씬 많은 수의 낭인들이 원형을 이루며 세워진 파오에서 불
을 피우고 음식을 하며 휴식을 취했다.

　낭인천 본진의 중앙에 우뚝 솟은, 그 화려함과 규모에서
부터 모든 파오를 압도하는 낭인천주의 처소에 손님이 찾
아왔다.

　"오랜만이오, 사형."

　삼십 중반으로 보이는 사내가 무뚝뚝한 음성으로 인사
를 한 뒤 들고 있던 칼을 아무렇게나 툭 던지곤 자리에 앉

왔다.

설산에서 자생한다는 모우(牡牛 : 야크)의 두툼한 가죽이 덮인 평상에 비스듬히 누워 있던 낭인천주 탁강이 천천히 몸을 일으켰다.

"무기를 아무렇게나 취급하는 것은 여전하구나. 무기를 생명처럼 여기는 자들이 보면 거품을 물 일이다."

"생명은 무슨. 적당히 손에 잡히면 그게 무긴 거지."

"어련할까? 아무튼 네가 올 줄은 생각도 못 했다. 이게 얼마 만이지?"

탁강이 평상에서 일어나더니 환한 웃음을 지으며 오랜만에 만난 사제, 백인교의 맞은편에 자리했다.

"한 오 년 정도 된 것 같소."

"그래, 벌써 그렇게 되었구나. 한데 넌 그때나 지금이나 전혀 변한 것이 없어 보인다."

"어린 나이도 아니니 변할 이유가 없잖소. 한데 이거 손님 대접이 영 아니오."

백인교의 힐난에 탁강이 크게 웃으며 소리쳤다.

"뭣들 하느냐? 당장 술상을 차려 오너라."

말이 끝나기 무섭게 파오의 문이 열리며 아리따운 시비 둘이 커다란 상을 낑낑대며 들고 들어왔다.

"고생이 많네."

백인교가 시비 한 명의 엉덩이를 툭 건드렸다.

화들짝 놀란 시비가 술상을 놓쳤지만 백인교의 손이 어느새 그녀를 대신해 상을 붙잡고 있었다.

"손버릇은 여전하고."

탁강이 껄껄 웃으며 시비들에게 물러가라 손짓하고 술병을 잡았다.

"한데 네가 여기까진 웬일이냐? 온다는 대사형은 안 오고."

"내가 가장 가까이에 있었으니까. 그런데 아직 모르오?"

"뭘를 말이냐?"

"빙마곡 말이오."

"빙마곡? 북리 사형이 왜?"

탁강이 입으로 향하던 술잔을 멈추고 반문했다.

"노야에게 넘어간 것 같소."

순간, 탁강의 얼굴이 딱딱하게 굳었다.

"북리 사형이? 말도 안 돼."

탁강이 도저히 믿을 수 없다는 얼굴로 고개를 저었다.

"말이 되니 문제지 않소."

"제대로 설명을 해봐."

"노야에게 루외루가 박살 난 소식은 들었소?"

"그래, 그건 들었다. 무황성의 떨거지들도 당했다고 들었는데.”

“맞소. 한데 그 과정에서 빙마곡도 개입한 모양이오.”

“빙마곡이? 노야 단독으로 저지른 일이 아니란 거냐?”

탁강의 눈이 휘둥그레졌다.

“쯧쯧, 그래도 명색이 중원무림을 노린다는 낭인천인데 정보력이 이렇게 형편없어서야.”

백인교의 힐난에 탁강이 겸연쩍은 표정으로 말했다.

“나도 노력은 하지만 그게 쉽지가 않다. 어쨌든 그래서? 빙마곡이 노야의 밑으로 들어간 것이 확실한 거냐?”

“확실하니 이곳으로 온다던 대사형이 이사형과 함께 빙마곡으로 향한 것 아니겠소. 이거 꽤나 심각한 상황이오. 세외사패 중 가장 강한 전력을 지닌 빙마곡이 이탈했으니까. 뭐, 사형이야 인정하지 않겠지만.”

탁강이 정색을 하며 고개를 끄덕였다.

“당연하지. 가장 강한 곳은 우리 낭인천이다. 심각한 상황인 것은 맞지만.”

“그거야 생각하기 나름이니 내가 뭐랄 건 아니고.”

피식 웃은 백인교가 표정을 확 바꿨다.

“이곳은 어떻소?”

“뭐가?”

“딴소리는 하지 마시고. 사형도 대사형이 이곳에 오려던 이유를 알 것 아니오."

"알지. 내가 노야에게 돌아선 것인지 확인을 하려던 것이겠지. 쯧쯧, 본색을 드러냈으면서도 쓸데없는 걱정을 하는 것은 여전해."

"어쩔 수 없잖소. 서로 치고받다가 마불사가 박살 난 꼴을 봤으니. 설마하니 전대 법왕이 그렇게 반기를 들 줄은 상상도 못 했소. 아무튼 영감탱이들에 대한 노야의 영향력은 확실히 대단하오. 이번에 새삼 느꼈소."

"확실히 그렇긴 하지."

백인교는 탁강의 말에서 묘한 분위기를 감지했다.

"여기도 문제가 있었네. 아니요?"

"큰 문제는 아니고 확실히 분위기가 이상하기는 했었다. 영감들한테 노야가 보낸 서신도 발견되었으니까."

"사형이 이렇게 태연한 것을 보니 다행히 별 이상은 없었던 것 같구려."

"어떻게 그렇게 자신하지? 영감들과 더불어 내가 노야에게 넘어갈 수도 있는데."

탁강이 의미심장한 미소를 지으며 묻자 백인교가 코웃음을 쳤다.

"내가 사형을 모르오? 우리 사형제 중에 대사형 못지않게 노야를 싫어하는, 아니, 그 이상으로 증오하는 사람이 바로 사형이잖소."

"열심히 감춘다고 감췄는데 티가 난 모양이군."

"감추긴. 존재감 없던 대사형에게 처음부터 힘을 실어준 사람이 사형이라는 건 알 만한 사람은 다 아는 거요. 아, 쓸데없는 소리는 그만하고. 그래서, 노야의 서신까지 발견 됐다면 분명 사달이 났을 것 같은데 정말 괜찮았던 거요?"

"보시다시피."

탁강이 어깨를 으쓱이며 술잔을 들었다.

"그러니까 그 영감들이⋯⋯."

"죽었다."

"예?"

"죽었다고."

"말도 안 돼. 어떻게⋯⋯."

백인교는 아직도 믿기지가 않는다는 얼굴이었다.

"마불사의 일이 터지기 전부터 눈여겨보고 있었으니까. 노야와 등을 돌릴 때부터 같이 갈 수 없다고 생각했다. 마 불사에서 벌어진 일을 보고 더욱 확신했지."

"영감들이 순순히 당해주진 않았을 거 아니요? 눈치라 는 게 있었을 텐데."

"눈치를 챘다고 해도 그것이 확신으로 변하기는 쉽지 않 지. 난 그 틈을 정확하게 노렸고. 사실 근래 들어 우리의 움직임이 더딘 것은 서북무림 연합이란 놈들이 필사적으로 저항하는 것도 있지만 영감들을 제거하느라 힘을 쏟아서 그렇다. 확 드러나지 않아서 그렇지 피해도 조금은 있었고. 하지만 이제부터는 조금 달라져야겠지. 빙마곡이 노야에게 돌아선 것이 확실하다면 이제 대사형에게 힘이 될 수 있는 것은 우리뿐이니까."

탁강의 눈동자가 활활 타올랐다.

"그러기 위해서라도 네가 좀 도와줘야겠다."

"물론이오. 애당초 대사형이 이곳에 날 보낸 이유도 혹여나 사형이 영감들 때문에 곤란에 처해 있다면 도우라는 이유였으니까. 상대가 조금 바뀌긴 했지만 어차피 그게 그건 거니까."

백인교는 금방이라도 전투를 시작할 것처럼 엉덩이를 들썩였다.

"급한 성격도 여전하고. 일단 진정하고 오늘은 술이나 마셔. 놈들이 어디 가는 것도 아니다."

"뭐, 그럽시다. 주는 술은 일단 사양하지 않는 것이 내 신조 아니겠소."

백인교는 탁강이 따라주는 줄을 냉수 먹듯 마구 들이켰다.

어이없는 웃음을 터뜨린 탁강이 술을 더 들이라는 명을

내리려던 찰나였다.

"천주님."

파오 밖에서 조심스러운 음성이 들려왔다.

"누구냐?"

"갈음소입니다."

목소리의 주인이 정보를 관장하는 혈랑대의 수장이란 것을 확인한 탁강이 고개를 갸웃거렸다.

이미 반 시진 전에 보고서를 잔뜩 안기고 돌아갔기 때문이었다.

"들어와라."

쥐의 두상에 광대는 튀어나오고 눈꼬리는 위로 치켜 올라간, 전형적인 모사꾼 행색을 한 중년인이 파오 안으로 들어섰다.

"그렇잖아도 우리의 정보력이 형편없다는 욕을 먹고 있었는데 이번엔 무슨 일이냐?"

탁강이 가벼운 농담을 던지며 물었다.

"앙천단으로부터 연락이 왔습니다."

"앙천단이면 구 장로?"

"그렇습니다."

"무슨 일로? 설마 보급품에 문제가 생긴 거냐?"

탁강의 눈매가 매서워졌다.

전투단 중 가장 힘이 약한 앙천단의 임무가 보급품을 운반, 관리하는 것이기 때문이었다.

원래라면 보다 강한 전투단이 보급품을 책임지겠지만 서북무림 연합군이 산지에 틀어박혀 수성에만 몰두하는지라 지금껏 큰 위험이 없었기에 그 임무가 자연적으로 앙천단에 가게 된 것이다.

"아닙니다."

갈음소의 대답에 혹시나 하던 탁강의 입에서 안도의 숨이 흘러나왔다.

"아니라면 뭔데?"

"얼마 전 보급품을 노린 자들 몇을 사로잡았다는 보고가 있었는데 기억하십니까?"

"그랬던가? 그래서?"

"그 포로 중에 수호령주와 인척인 자가 포함되었다는 보고입니다."

사안의 중대성 때문인지 보고하는 갈음소의 음성이 살짝 떨렸다.

하지만 듣는 이들의 반응은 갈음소와는 비교조차 되지 않았다.

"수호… 령주라고 했느냐?"

"그, 그렇습니다. 구 장로가 수호령주의 인척을 포로로

잡았다고 합니다."

"어떤 놈이냐?"

"무당파의 속가제자로 그다지 이름도 없는 무관을 하는 자인데 그놈의 부인이 수호령주의 누이랍니다."

"크흐흐흐흐! 하하하하!"

탁강의 웃음에 그 큰 파오가 들썩거렸다.

웃음소리가 좀처럼 사그라들지 않자 백인교가 인상을 쓰며 말했다.

"고작 무관이나 하는 자를 사로잡은 건데 뭐가 그리 좋은 거요? 수호령주 본인도 아닌데."

"호박이, 아니, 황금 덩이가 덩굴째 들어왔으니 좋아할 수밖에."

"그건 또 뭔 소리요, 황금이라니?"

"그런 게 있다."

말을 뚝 끊은 탁강이 갈음소에게 급히 물었다.

"놈들에게 그자의 존재를 알렸다더냐?"

"예, 몸값과 함께 통보를 한 것 같습니다."

"흠, 포로에 대한 권한은 각 단주에게 일임을 했지만 이번엔 너무 서둘렀군."

탁강은 영 마뜩지 않은 표정을 지었다.

단우 노야를 꺾음으로써 수호령주는 누가 뭐라고 해도

천하제일인으로 우뚝 섰다.

그런 수호령주의 인척을 포로로 잡았다는 것은 실로 중대한 일.

단주 개인의 판단에 앞서 우선적으로 자신에게 먼저 보고가 되어야 했다고 여긴 것이다.

"할 수 없지. 이런 식으로나마 보고를 해왔으니 딱히 할 말도 없고. 그래, 얼마를 불렀다고 하더냐?"

잠시 머뭇거리던 갈음소가 탁강의 눈치를 보며 답했다.

"황… 금 천 냥을……."

"미쳤군. 미친 게야. 아니면 벌써 노망이 났거나."

탁강은 입에 거품을 물 정도로 분노했다.

어느 정도 짐작을 했는지 갈음소는 납작 엎드린 채 명만을 기다렸다.

탁강은 온갖 욕설을 해대며 발광을 하다가 한참의 시간이 지난 뒤에야 겨우 흥분을 가라앉혔다.

"한번 꼭지가 돌면 정신 못 차리는 건 여전하구려."

"내가 정신을 못 차리는 게 아니라 이건 정말 그럴 만한 사안이다."

"포로를 잡고 몸값 운운하는 게 영 마음에 들지는 않지만 낭인천의 태생이 그러하니 신경은 끄겠소. 그런데 대체 왜 화를 내는 거요? 설사 황금 천 냥이 적다는 거요? 내가 보기엔 기함할 정도로 큰돈인데."

"큰돈이지. 큰돈이긴 한데 상대가 수호령주의 인척이라는 것을 감안하면 턱없이 부족한 액수기도 하다."

"욕심도 참. 대체 얼마를 생각하는 거요?"

"최소한 만 냥."

"……."

백인교는 할 말이 없다는 얼굴로 탁강을 응시했고 납작 엎드려 있던 갈음소마저 놀란 눈으로 그를 바라보았다.

"왜? 못 받을 것 같아?"

"당연하잖소. 요구도 적당해야지. 일개 가문이 감당할 수 있는 돈이 아니오."

백인교는 마치 자신이 돈을 지불해야 할 사람처럼 화를 냈다.

"그 돈을 왜 의협진가가 감당해?"

"뭔 소리요?"

"생각해 봐. 수호령주가 지금껏 어떤 활약을 펼쳐 왔는지."

"아!"

"무황성에선 만 냥이 아니라 그 이상을 불러도 지불하게 되어 있어."

"그렇… 기도 하오만."

백인교는 수궁을 하면서도 명색이 세외사패의 수장이란
자가 약탈에 열을 올리는 걸 보고는 왠지 한숨이 흘러나왔
다.

"실망스러운 모양이네."

"부인하지 않으려오."

"상관없어. 어차피 우리의 삶이니까. 그리고 싸움도 돈
이 있어야 하는 거다. 내 새끼들도 아낄 수 있고."

백인교는 낭인천에서 엄청난 돈을 풀어 세외는 물론이
고 중원의 낭인들까지 마구잡이로 쓸어가고 있음을 상기
하곤 고개를 끄덕였다.

"참, 이러고 있을 때가 아니지. 갈음소."

"예, 천주님."

"당장 전서구를 띄워라. 구포 그 멍청한 인간의 헛짓거
리를 막아."

"알겠습니다."

"그리고 묵검… 아니다. 사풍단(死風團)과 적혈단(赤血
團)을 보내라. 그럴 일은 없겠지만 무황성에서 어떤 수작
질을 벌일지 모르니까."

갈음소는 서열 이 위와 삼 위의 전투단을 투입하겠다는
말에 깜짝 놀란 표정을 지었다.

"지금껏 단 한 번의 구출 작전도 성공하지 못했습니다.

굳이 그들까지……."

"포로도 살지 못했잖아. 설사 놈들이 구출 작전을 펼친
다고 해도 절대로 포로를 죽여선 안 돼. 그러니 아예 엄두
를 내지 못하게 만들겠다는 거다."

"하지만 사풍단과 적혈단은 핵심 전력입니다. 그들이 빠
졌다는 것을 알면 적들이 어찌 나올지 걱정입니다."

"상관없다. 놈들은 평야에서 우리를 공격할 생각 자체가
없으니까. 설사 공격을 해온다고 해도 흑사단(黑死團)의 말
발굽 아래에 모조리 쓸려 버릴 것이다. 그리고 이 녀석도
있고."

탁강이 술잔을 들어 자신을 가리키자 백인교가 어이없
는 웃음을 흘리며 마주 잔을 들었다.

"뭐, 그럽시다. 좀 전에 말했듯 어차피 그러려고 온 것이
니까."

향기롭기 그지없던 술맛이 이상하게 썼다.

*   *   *

"젠장, 아무리 실수를 했다고 해도 그렇지 사풍단과 적
혈단까지 보내실 건 뭐냐고."

거침없이 술을 들이켜는 구포의 표정은 얼마 전 하늘을

오를 듯 들떠 있을 때와는 전혀 달랐다.

"천주님께서 사풍단과 적혈단까지 보내시는 것을 보면 아무래도 포로의 처리에 대해 전적으로 개입하시려는 것 같습니다."

초무량의 말에 구포가 벌컥 화를 냈다.

"그걸 누가 몰라! 그렇게 친절하게 설명을 하지 않아도 충분히 알고 있으니까 그 입이나 닥치고 있어."

말 한마디 잘못 꺼냈다가 본전도 찾지 못한 초무량이 붉어진 얼굴로 굳게 입을 다물었다.

"놈들에게 다시 통보는 했느냐?"

"예, 천주님께서 명한 대로 몸값을 황금 만 냥으로 올려 통보했습니다."

인해가 얼른 대답했다.

"하루 만에 번복이라니. 모양 빠지게 이게 무슨 꼴인지 모르겠다. 게다가 그만한 액수를 내놓을지도 의문이고."

"포로가 수호령주의 인척이라 그렇게 판단하신 것 같습니다. 솔직히 액수가 그리 커지면 우리 쪽에도 나쁠 것은 없습니다."

인해의 말에 구포의 눈썹이 꿈틀댔다.

"나쁠 것이 없다니 뭔 소리냐?"

"천주께서 직접 개입을 하셨지만 몸값의 일부는 우리에

게 떨어집니다. 황금 만 냥이라면 일 할만으로도 황금 천 냥입니다. 그동안의 전례를 따져 보면……."

"전례가 있던가?"

구포가 슬며시 물었다.

"예, 일전에 적혈단에서 서역의 상단주를 사로잡았을 때……."

"아, 맞다. 기억이 난다. 그때도 천주께서 직접 개입을 하셨지."

구포가 무릎을 탁 치며 소리쳤다.

"예, 그 외에도 몇 건 있었습니다만 대체적으로 몸값 중 최소한 삼 할은 포로를 사로잡은 전투단에게 돌아갔습니다. 그런 예를 이번 건에 대비해 보면 삼천 냥입니다."

"사, 삼천 냥?"

"예, 사풍단과 적혈단에게도 일부는 떨어지겠지만 우리만큼은 아닙니다."

"그거야 당연하지. 놈을 잡은 건 우리다. 그놈들은 그저 다 된 밥에 젓가락만 들이대는 것뿐이야."

"물론입니다. 아무튼 몸값의 변동으로 단주님의 체면이 다소 깎이기는 했지만 금전적으론 훨씬 이득이라 할 수 있을 것입니다. 실력 좋은 낭인도 훨씬 많이 부릴 수 있고요."

"그, 그렇겠지. 음, 그렇기는 하지만 한 입으로 두말하는 것이 영 그래서 말이다."

짐짓 점잖을 빼는 것 같았지만 구포의 입은 이미 귀에 걸려 있었다.

"그런데 포로들은 잘 지키고 있겠지? 그럴 리는 없겠지만 액수가 액수다 보니 허튼짓을 할 수도 있다."

"본진과의 거리가 세 시진이 되지 않습니다. 놈들이 설사 어떤 계획을 꾸미고 있다고 해도 그땐 이미 사풍단과 적혈단이 도착한 이후가 됩니다. 게다가 지금껏 구출하려던 포로가 어찌 되었는지는 놈들이 더 잘 압니다. 걱정하실 필요가 없습니다."

"무슨 일이 있어도 포로를 죽이지 말라는 명이 영 마음에 걸려서 말이다. 빼앗기지 말라는 명이 백배는 쉬울 텐데."

말은 그리해도 술잔을 드는 구포는 딱히 불안해하는 표정이 아니었다.

그의 말대로 세 시진이면 막강한 지원군이 도착할 것이고 지금껏 구하려던 포로들이 어찌 죽었는지를 감안했을 때 적들이 미치지 않고선 함부로 움직이지 못한다는 것을 알기 때문이었다.

"정말 강행할 겁니까? 아무리 생각해도 너무 무모합니다."

곽종이 무표정한 얼굴로 전방을 바라보는 진유검을 향해 말했다.

진유검은 아무런 대꾸도 하지 않았지만 주변에 대기하고 있는 모든 이의 심정이 곽종과 다르지 않았다.

"재고하시는 것이 나을 듯싶습니다."

임소한까지 곽종을 거들고 나서자 진유검이 그제야 고개를 돌렸다.

"이미 끝난 얘기입니다."

"가능성이 낮아도 너무 낮아서 드리는 말입니다. 지금껏 구출하려 했던 포로들이 어찌 되었는지 아시잖습니까?"

어지간하면 진유검의 말에 토를 달지 않는 임소한이었지만 지금의 표정은 나름 심각했다.

그도 그럴 것이 처음, 단 한 번도 구출 작전을 성공하지 못했다는 말을 들었을 때 구출을 하려는 이들이 제대로 준비를 하지 않았고 뛰어난 실력자도 움직이지 않아서 그런 것이라 판단하며 내심 비웃음을 보냈다. 한데 사실을 알고 보니 전혀 그렇지 않았다.

구출 작전을 계획하는 쪽에선 그야말로 심혈을 기울였고 투입할 수 있는 최대한의 실력자들까지 다수 움직였다.

그럼에도 단 한 명의 포로도 구출할 수 없던 이유는 포로를 지키는, 정확히 말하자면 무슨 일이 있어도 포로들을 뺏기지 않으려는 낭인천의 준비가 너무 철저했기 때문이었다.

포로들은 적들이 진을 치고 있는 중앙에 구덩이를 판 뒤 그곳에 감금됐는데 그 구덩이 바닥엔 기름주머니가 가득했다.

웅덩이를 덮은 쇠창살 사이엔 흡입을 하는 순간 촌각도 되지 않아 절명하는 극독이 담긴 주머니를 주렁주렁 매달아놓았고 그것도 부족해 화약이 잔뜩 든 주머니까지 있었다.

웅덩이 주변엔 십여 개가 넘는 횃불을 밝혀졌는데 적들이 접근하는 낌새만 보이면 쇠창살에 매달려 있는 화약과 웅덩이에 깔려 있는 기름에 불을 붙이려는 용도였다.

간단히 말해 낭인천은 포로들을 지키는 것이 아니라 자신들이 모조리 몰살을 당하는 한이 있더라도 단 한 명의 포로도 무사히 빼앗기지 않으려는 작전을 구사했고 지금껏 완벽하게 성공한 것이다.

"마지막으로 포로를 구출하려 했던 곳이 바로 화산파입니다. 화산제일검 청연 진인께서 사손을 구하기 위해 직접 나선 것이지요. 하지만 실패하셨습니다. 수많은 실패를 토대로 횃불은 물론이고 횃불에 접근하려는 자들까지 모조리 제거를 하는 데 성공했지만 그래도 실패를 하셨습니다. 적당 중 한 명이 웅덩이의 포로들과 함께 갇혀 있었던 겁니다. 그가 직접 몸에 지니고 있던 독을 살포했고 그 바람에 그를 포함해 갇혀 있던 포로가 모조리 목숨을 잃었습니다. 그때까지 없던 유형이었지요. 다시 말하면 지금까지 노출된 것 이외에도 다른 함정이 있을 수 있다는 겁니다. 단 하나라도 놓친다면 유 대협은 물론이고 함께 간힌 포로들의 목숨까지 잃을 수 있는 치명적인 함정이."

만월문주 담고가 말하고자 하는 바는 명확했다.

아무리 완벽하게 계획을 세워도 포로들을 구출한다는 것은 불가능하다는 것.

"설사 그렇다고 해도 어쩔 수 없는 일입니다. 놈들이 원하는 대로 황금 천 냥을, 아니, 이제 만 냥이던가요? 그 큰 돈을 줄 수는 없습니다. 그 돈이 수십, 수백의 비수가 되어 날아온다는 것을 확인한 이상 더욱 더 그렇습니다."

낭인천이 황금 천 냥이 아니라 만 냥을 요구했으며 더구나 그 돈이 낭인들을 끌어모으는 데 쓰인다는 것을 확인한 진유검의 태도는 단호했다.

"계획은 예정대로 진행합니다. 그리고 변수는……."

진유검의 시선이 적진으로 향했다.

"제거하면 그만입니다. 전풍."

"예, 주군."

전풍이 전에 없이 진중한 모습으로 대답했다.

"너만 믿는다."

"맡겨주십시오."

"그럼 간다."

진유검은 전풍의 대답도 듣지 않고 몸을 날렸다.

인간이 내는 속도라 여겨지지 않을 정도로 엄청난 속도였다.

그에 반해 폴짝폴짝 뛰는 듯한 전풍의 움직임은 굼뜨기만 했다.

딱 백 보까지였다.

백 보가 지난 전풍의 속도는 그야말로 한 줄기 빛살 같았다.

앞서간 진유검을 단숨에 따라잡는 것은 물론이거니와 이미 그를 추월해서 치고 나갈 정도였다.

"우리도 갑시다."

임소한을 필두로 여우희와 곽종이 나서자 담고와 운호대주 유호도 시선을 주고받았다.

유호의 손짓에 몸을 숨기고 있던 운호대 이십 명이 모습을 드러냈다.

이번 작전을 위해 운호대에서도 추리고 추린 고수들이
었다.

진유검과 일행이 은신했던 언덕에서 적진까지는 대략
백여 장이 넘었다.

상당한 거리라 할 수 있었지만 진유검과 전풍에겐 아니
었다. 두 사람은 눈 깜짝할 사이에 적진에 도착했다.

주변을 지키던 경계병들 중 그 누구도 두 사람이 코앞까
지 접근할 때까지 눈치를 채지 못했다.

어둠의 도움이 있기도 했지만 그만큼 그들의 움직임이
은밀하고 빨랐기 때문이었다.

가장 먼저 진유검을 발견한 사내는 입을 벌리지도 못한
채 숨이 끊어졌다.

그의 동료 또한 거의 같은 순간에 전풍에게 목숨을 잃었
다.

사내의 숨통을 끊고 돌아오는 검을 낚아챈 진유검은 더
욱 속도를 높이며 몇 번의 정탐을 통해 포로가 갇혀 있는
것으로 확인된 웅덩이를 향해 질주했다.

진유검은 십여 개의 횃불로 밝혀지고 있는 웅덩이를 발
견하곤 그대로 몸을 띄웠다.

진유검의 손에서 검이 떠났다.

날카로운 파공성과 함께 날아간 검이 횃불은 물론이고

햇불 주변에서 웅덩이를 지키고 있던 경계병들의 숨통을 끊어버렸다.

그야말로 절정의 이기어검.

햇불과 경계병들이 쓰러지는 것과 동시에 진유검의 몸이 웅덩이를 덮고 있는 철창을 뚫고 내려갔다.

"숨을 멈추시오!"

다급한 경고와 함께 웅덩이를 뚫고 내려가는 진유검의 눈동자는 그 어느 때보다 날카롭게 빛났다.

포로 사이에 간자가 섞여 있다면 분명 뭔가 다른 움직임이 있을 터.

그것을 놓치지 않기 위함이었다.

예상과는 다르게 간자로 보이는 인물은 없었다.

쾅!

진유검은 웅덩이 바닥에 내려서자마자 소맷자락을 맹렬히 휘감으며 하늘을 향해 팔을 뻗었다.

주변의 공기가 팔의 움직임에 휘말려 모조리 빨려들어 갔다.

웅덩이 안에 있는 공기는 물론이고 그가 철창을 뚫고 내려설 때 흩어졌던 독과 화약 또한 남김없이 휩쓸려 갔다.

어느 정도 위험이 제거되었다고 판단한 진유검이 당황스러운 표정을 짓고 있는 포로들을 향해 고개를 돌렸다.

"유환 대협이 누구십니까?"

진유검의 물음에 삼십 남짓한 사내가 한 걸음 나섰다.

그동안 고초를 제법 겪었는지 꼴이 말이 아니었다.

"내, 내가 유 모이오만."

진유검이 환한 미소를 지으며 말했다.

"처음 뵙겠습니다, 매형."

번쩍.

술에 취해 잠을 자던 구포의 눈이 떠졌다.

튕기듯 일어선 구포의 손엔 이미 검이 잡혀 있었다.

구포가 자신의 파오에서 뛰쳐나왔을 땐 진유검이 이미 웅덩이의 철창을 뚫고 바닥에 내려선 뒤였고 전풍은 혹시 모를 변수에 대비하기 위해 웅덩이 주변을 엄청난 속도로 돌며 경계에 만전을 기하는 중이었다.

구포는 꺼진 횃불과 쓰러진 수하들을 보며 어떤 상황이 벌어지고 있는 것인지 금방 눈치를 챘다.

"적이다!"

전풍을 향해 내달리는 구포의 입에서 분노에 찬 외침이 터져 나왔다.

단 두 번의 도약으로 웅덩이 앞에 도착한 구포의 검이 전풍을 노렸다.

구포가 웅덩이를 향해 달려올 때부터 이미 그의 움직임을 파악하고 있던 전풍이 슬쩍 몸을 틀며 검을 피하고 가볍게 연화장을 날렸다.

과거에 비해 한층 완성도를 높인 연화장은 구포의 움직임을 제어하기에 충분했지만 그 한 수로 전풍이 우위에 서지는 못했다.

말석이라고 해도 구포는 오로지 실력만으로 모든 것을 결정하는 낭인천의 장로가 된 자였다.

전풍의 실력이 아무리 일취월장했다고 하더라도 결코 쉽게 넘을 수 있는 상대는 아니었다.

하지만 백보운제라는 희대의 경공이 있던 전풍도 만만한 상대는 분명 아니었다.

전풍을 노리고 두 번이나 검을 휘둘렀지만 결과적으로 헛손질을 하고 만 구포의 얼굴이 무참하게 일그러졌다.

그사이 구포의 경고를 들은 앙천단원들이 파오에서 쏟아져 나왔다.

앙천단과 조금 떨어진 곳에서 잠을 자고 있던 별동대 역시 무기를 들고 주변을 에워쌌다.

짧은 시간, 웅덩이에 설치된 함정을 사실상 완전하게 제거한 진유검은 수많은 적이 포위하고 있음에도 조금의 서두름 없이 포로들을 하나둘씩 웅덩이 위로 끌어 올렸다.

"뭣들 하느냐! 공격해랏!"

전풍을 놓치고 화가 머리끝까지 난 구포가 불같이 소리를 질렀다.

구포의 명이 떨어지자 공적에 탐이 많은 별동대가 가장 먼저 달려들었다.

"와아아아!"

우렁찬 함성과 함께 달려드는 별동대의 낭인들.

그것이 그들의 마지막 외침이 될 줄은 아무도 상상하지 못했다.

진유검의 손에 들린 검이 움직였다.

극한의 빠름을 지닌 단섬에 진유검을 향해 달려들던 별동대 낭인 일곱이 비명도 지르지 못한 채 그 자리에서 피를 뿌렸다.

진유검은 손속에 인정을 두지 않았다.

낭인천은 중원 무림을 위협하는 적. 게다가 진유검은 그동안 보여준 낭인천의 잔인한 행보에 크게 분노한 터였다.

물론 그의 매형이 그들에게 포로가 되어 수치를 당했다는 것도 큰 이유 중 하나였다.

"모조리 죽여주마."

진유검의 눈이 살기로 번들거렸다.

분수를 알지 못하고 덤볐던 별동대 낭인을 단숨에 격살한 진유검의 차가운 시선이 또다시 전풍과 치열한 격전을 펼치고 있는 구포에게 향했다.

그가 앙천단의 우두머리임을 한눈에 알아본 진유검이 유환에게 눈짓을 보냈다.

진유검의 의도를 바로 파악한 유환이 고개를 끄덕이며 함께 갇혔던 포로들과 함께 뒷걸음질 쳤다.

함께 싸우고 싶은 마음은 굴뚝같았으나 당장 무기를 들고 싸울 정도로 몸 상태가 좋지 못했기 때문이다.

포로들이 전장에서 이탈함에도 아무도 그들에게 신경을 쓰지 못했다.

그들에게 눈길을 주기엔 무시무시한 기세를 뿜어내고 있는 진유검이란 존재가 너무도 대단했다.

진유검이 구포를 향해 발걸음을 내디뎠다.

포위하고 있던 별동대의 낭인들은 감히 덤비지 못하고 뒷걸음질 쳤다.

"뭣들 하느냐! 공격하란 말이닷!"

초무량이 불같이 화를 내며 소리쳤지만 그야말로 압도적인 진유검의 실력에 공포심을 느낀 데다가 처음부터 돈에 의해 고용된 별동대의 낭인들은 그의 명을 제대로 따르지 않았다.

그들은 전투단 중에서 최약체이자 어딘지 모르게 부산하고 늘 흐트러진 모습을 보여도 최소한 적을 상대함에 있어 명령 한마디에 일사불란하게 움직이는 양천단과는 낭인천에 대한 충성심 자체가 달랐다.

"버러지 같은 놈들."

겁을 잔뜩 집어먹은 별동대의 낭인들에게 자신의 명이 통하지 않는다는 것을 확인한 초무량이 칼을 치켜세웠다.

"양천단!"

초무량의 외침에 별동대의 낭인들을 벌레 보듯 처다보던, 심지어 공격을 가하여 쓰러뜨리고 있던 양천단의 무인들이 일제히 무기를 치켜올렸다.

"공격⋯⋯."

기세 좋게 외치던 초무량의 음성은 후미 쪽에서 갑자기 들려온 비명 소리에 막히고 말았다.

조금 전, 진유검이 보여준 압도적인 모습에 비할 바는 아니나 임소한을 필두로 들이친 이들의 공격에 의해 양천단의 외곽이 무너지는 것은 순식간이었다.

초무량의 곁에서 전장을 살피던 인해는 빠르게 상황을 정리하곤 말했다.

"내가 놈들을 막지."

"부탁한다."

초무량이 무겁게 고개를 끄덕였다.

몸을 돌린 인해가 후미로 달려가자 상당수 인원이 그를 따라 움직였다.

인해의 뒷모습을 보던 초무량이 입술을 잘근 깨물며 진유검을 향해 달리기 시작했다.

"공격이다!"

"놈을 죽여랏!"

앙천단에서 가장 고참이면서 나름 강력한 무력을 자랑하는 일조와 이조에 속한 무인들이 거친 함성을 내뱉으며 초무량의 뒤를 따랐다.

진유검의 눈빛이 차갑게 가라앉았다.

다수의 적을 상대함에 있어 우선적으로 노릴 대상은 당연히 우두머리였다.

뭔가가 번쩍했다는 느낌을 받으며 황급히 고개를 트는 초무량. 진유검의 검은 이미 그의 목덜미를 스치고 지나가며 깊은 상처를 만들었다.

휘청거린 초무량이 목덜미에서 뿜어져 나오는 피를 틀어막으며 물러났다. 만약 그의 반응이 조금만 늦었다면 그대로 목이 잘려 쓰러졌을 터. 목숨을 건진 것만으로도 그는 앙천단의 부단주로서 자격이 충분했다.

단 한 번의 공격으로 초무량을 사실상 무장해제시킨 진

유검이 그를 에워싸고 있는 앙천단에게 향했다.

진유검은 가차 없이 살수를 썼다.

검이 춤을 출 때마다 처절한 비명이 터져 나오고 시뻘건 피가 그 비명 위로 쏟아졌다.

단 한 명도 그의 일 초식을 받아낸 사람이 없었다.

애당초 반항이란 존재하지 않는, 그저 일방적인 도살만이 이어졌고 그를 에워싼 장막은 형편없이 무너졌다.

나름 실력을 지닌 고참들이 어떻게든 전열을 가다듬으려 하였으나 그럴 때마다 날아든 검에 의해 속절없이 목숨을 잃고 말았다.

"괴, 괴물!"

"도, 도망을……."

"살려… 줘."

결국 극도의 공포심에 사로잡힌 앙천단은 누가 뭐라고 할 것도 없이 도망을 치기 시작했다.

아무리 살심을 품었다고는 하나 진유검은 도망치는 자들을 굳이 공격할 생각은 없어 보였다. 다만 한 가지는 예외였다.

"으악!"

"크아아악!"

하필이면 포로들이 물러난 곳으로 도주로를 택했던, 지

금 이 순간만큼은 천하에서 가장 재수 없는 자들의 입에서 처절한 비명이 흘러나왔다. 그들은 진유검이 날린 검에 의해 가슴을 관통당한 채 쓰러졌다.

초무량은 싸늘한 시신이 되어 쓰러진 수하들을 보며 부들부들 떨었다. 그 짧은 사이에 무려 삼십에 가까운 수하들이 목숨을 잃고 말았다.

"죽어랏, 이 괴물아!"

초무량이 괴성을 지르며 달려들었다.

잠시 지혈이 된 듯했던 목덜미에서 다시금 핏줄기가 솟구쳤다.

진유검은 별다른 움직임 없이 그를 바라보았다.

초무량의 일격필살의 의지가 담긴 칼이 막 가슴을 파고들 즈음 진유검의 손이 움직였다.

땅!

차가운 쇳소리와 함께 진유검의 가슴으로 향했던 칼날이 부러졌다.

허공으로 튀어 오른 칼날에 진유검의 부드러운 손짓이 더해졌다.

손짓은 부드러울지 몰라도 그 힘이 담긴, 초무량을 향해 날아가는 칼날의 속도와 힘은 상상을 초월할 정도였다.

칼날이 자신을 향해 날아오는 것을 뻔히 보았음에도 초

무량은 아무것도 할 수가 없었다.

미처 반응을 하기도 전, 칼날이 그의 미간을 파고들었기 때문이었다.

비명도 지르지 못한 채 힘없이 절명한 초무량의 신형이 그대로 뒤로 넘어갔다.

한데 고목처럼 넘어가는 초무량의 신형을 안아 드는 이가 있었다. 바람처럼 내달리는 전풍을 잡는 것을 포기하고 달려온 구포였다.

"초무량!"

구포가 초무량의 어깨를 잡고 흔들며 안타깝게 불러보았지만 숨이 끊긴 초무량의 입에선 아무런 대답도 흘러나오지 않았다.

초무량의 신형을 땅에 누인 구포가 천천히 몸을 일으켰다. 그러곤 이글거리는 눈빛으로 물었다.

"네놈은 대체 누구냐?"

진유검이 별다른 대꾸를 하지 않자 구포의 얼굴이 제대로 일그러졌다.

"건방진 놈. 노부에게는 대답조차 해줄 가치가 없다는 것이냐?"

무시를 당했다고 여긴 것인지 구포의 눈에서 불꽃이 튀었다. 치욕감에 전신을 부들부들 떨었다.

진유검의 입이 조용히 열렸다.

"진유검."

"진… 유검? 그, 그렇다면 수호… 령주?"

구포의 얼굴이 경악으로 물들었다.

"어, 어째서? 네, 네놈이 어째서 여기에 있단 말이냐?"

대답할 가치가 없는 질문이었다.

『천산루』 12권에 계속…

초대형 24시 만화방

신간 100%, 샤워실, 흡연실, 수면실(침대석), 커플석, 세탁기 완

▪ 강북 노원역점 ▪

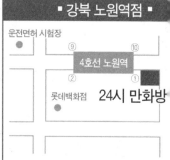

서울 노원구 상계동 340-6 노원역 1번 출구
02) 951-8324 (화용빌딩 3층)

▪ 일산 정발산역점 ▪

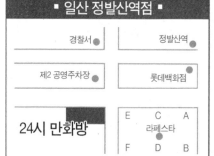

라페스타 E동 건너편 먹자골목 내 객잔건물 5층
031) 914-1957

▪ 일산 화정역점 ▪

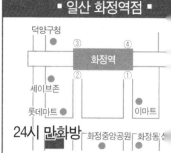

경기도 고양시 덕양구 화정동 984번지 서일
031) 979-4874 (서일사우나 건물 7층

▪ 부천 역곡역점 ▪

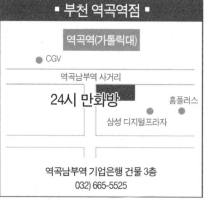

역곡남부역 기업은행 건물 3층
032) 665-5525

▪ 부평역점 ▪

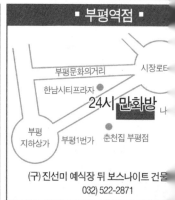

(구) 진선미 예식장 뒤 보스나이트 건물
032) 522-2871

네르가시아 장편소설
FUSION FANTASTIC STORY

도시 무왕 연대기

글로벌 기업의 후계자 감태하.
탄탄대로를 걷던 그에게 거대한 음모가 덮쳐 온다!

『도시 무왕 연대기』

가장 믿고 있었던 친척의 배신,
그가 탄 비행기는 추락하고 만다.

혹한의 땅에서 기적같이 살아나
기연을 만나게 되는데⋯⋯

모든 것을 잃은 남자,
감태하의 화끈한 복수극이 시작된다!

Book Publishing CHUNGEORAM

유행이 아닌 자유추구
WWW.chungeoram.com

FUSION FANTASTIC STORY

탁목조 장편 소설

천공기

탁목조 작가가 펼쳐 내는 또 하나의 이야기!

『천공기』

최초이자 최강의 천공기사였던 형.
형은 위대한 업적을 이룬 전설이었다.
하지만 음모로 인해 행방불명되는데…….

"형이 실종되었다고
내게서 형의 모든 것을 빼앗아 가?"

스물두 살 생일,
행방불명된 형이 보낸 선물, 천공기.
그리고 하나씩 밝혀지는 진실들.

천공기사 진세현이 만들어가는 전설이 시작된다!

Book Publishing CHUNGEORAM

유행이 아닌 자유추구 –
WWW.chungeoram.com

이경영 판타지 장편소설

FANTASY FRONTIER SPIRIT

그라니트

용들의 땅

G R A N I T E

사고로 위장된 사건에 의해 동료를 모두 잃고 서로를 만나게 된 '치프'와 '데스디아'.
사건의 이면에 상식을 벗어난 음모가 있음을 알게 된 둘은
동료들의 죽음을 가슴에 새긴 채 각자의 고향으로 돌아간다.
2년 후, 뜻하지 않게 다시 만난 두 사람은 동료들의 복수를 위해
개척용역회사 '그라니트 용역'을 설립해 다시금 그 땅을 찾게 되는데……

용들이 지배하는 땅 그라니트!
그곳에서 펼쳐지는 고대로부터 이어지는 운명적 만남,
깊어지는 오해, 그리고 채워지는 상처.

『가즈 나이트』시리즈 이경영 작가의 미래형 판타지 신작!

Book Publishing CHUNGEORAM

유행이 아닌 자유추구 -
WWW.chungeoram.com